百部红色经典

丰收

叶紫 著

北京联合出版公司
Beijing United Publishing Co Ltd

图书在版编目（CIP）数据

丰收 / 叶紫著. -- 北京：北京联合出版公司，
2021.3（2023.1重印）
（百部红色经典）
ISBN 978-7-5596-4878-5

Ⅰ.①丰… Ⅱ.①叶… Ⅲ.①散文集—中国—当代
②中篇小说—小说集—中国—当代 Ⅳ.①I217.2

中国版本图书馆CIP数据核字(2020)第267074号

丰收

作　　者：叶　紫
出 品 人：赵红仕
责任编辑：高霁月
封面设计：王　鑫

北京联合出版公司出版
（北京市西城区德外大街83号楼9层 100088）
北京新华先锋出版科技有限公司发行
大厂回族自治县德诚印务有限公司印刷　新华书店经销
字数157千字　787毫米×1092毫米　1/16　13印张
2021年3月第1版　2023年1月第2次印刷
ISBN 978-7-5596-4878-5
定价：49.00元

版权所有，侵权必究
未经许可，不得以任何方式复制或抄袭本书部分或全部内容
本书若有质量问题，请与本社图书销售中心联系调换。电话：（010）88876681-8026

出版前言

为庆祝中国共产党成立 100 周年，全面展现中国共产党成立以来中华民族辉煌的发展历程、取得的伟大成就和宝贵经验，集中体现中华民族的文化创造力和生命力，北京联合出版公司策划了"百部红色经典"系列丛书，希望以文学的形式唱响礼赞新中国、奋斗新时代的昂扬旋律。

本套丛书收录了近一百年来，描绘我国人民在中国共产党的领导下艰苦奋斗、开拓创新、改革开放的壮美画卷，充分展现我国社会全方位变革、反映社会现实和人民主体地位、弘扬社会主义核心价值观、讴歌中华民族伟大复兴中国梦的 100 部文学经典力作。

本套丛书汇集了知侠、梁晓声、老舍、李心田、李广田、王愿坚、马烽、赵树理、孙犁、冯志、杨朔、刘白羽、浩然、李劼人、高云览、邱勋、靳以、韩少功、周梅森、石钟山等近百位具有代表性的中国现当代著名作家。入选作品中，有国民革命时期探索革命道路的《革命的信仰》《中国向何处去》，有描写抗日战争的《铁道游击队》《敌后武工队》《风云初记》《苦菜花》，有描绘解放战争历史画卷的《红嫂》《走向胜利》《新儿女英雄续传》，有展现新中国建设历程的《三里湾》《沸腾的群山》《激情燃烧的岁月》，有寻找和重建民族文化自信的《四面八方》，也有改革开放后反映中国社会现状、探索中国道路的《中国制造》，同时还收录了展现革命英雄人物光辉事迹的《刘胡兰传》《焦裕禄》《雷锋日记》等。

本套丛书讲述了丰富多样的中国故事，塑造了一大批深入人心的中国形象，奏响了昂扬奋进的中国旋律。这些经历了时间检验的文学作品，在艺术表现形式、文学叙述方式和创作技巧等方面都具有开拓性和创造性，作品的质量、品位、风格、内涵等方面都具有很高的水准，都是有筋骨、有道德、有温度的优秀作品，很多作家的作品都曾荣获"五个一工程奖""茅盾文学奖""鲁迅文学奖""国家图书奖"等奖项。

为将该套丛书打造成为集思想性、艺术性、时代性为一体，展现新时代文学艺术发展新风貌的精品图书，北京联合出版公司成立了由出版界、文学艺术界的资深专家和学者组成的编辑委员会。他们从文学作品的历史价值、文学价值、学术价值、现实意义等维度对作品进行了深入细致的研读和筛选，吸收并借鉴了广大读者的意见与建议，对入选作品进行深入细致的分析与综合评定，努力将"百部红色经典"系列丛书打造成为政治性、思想性和艺术性和谐统一的优秀读物，向伟大的中国共产党成立100周年这一光荣的日子献礼！

目 录

小说篇

星 / 001

鱼 / 081

湖上 / 089

偷莲 / 105

丰收 / 113

山村一夜 / 159

散文篇

岳阳楼 / 191

古渡头 / 195

小说篇

星

第一章

一

丈夫又是整整三天不曾回家了。梅春姐一大清早就爬了起来，悲哀地、怏怏地在自己的卧房里靠着窗口站了一会儿，用一种怀着恨意的嫉妒的视线，牢牢地凝注着那初升太阳幸福的红光。在秋收后的荒原上，已经有早起勤奋的农人，在那里用干草叉叉稻草了。野狗奔驰着，在经过的草丛里，挥洒着泪一般的露珠。

梅春姐用很长的时间抑制住了自己的哀怨，她无心烧早饭；轻轻地伸手在床上搜寻了自己和丈夫的几件换下的衣裳，提着桶，穿过中堂，蹒跚地向湖滨走去。

朝露扫湿了她的鞋袜和裤边，太阳从她的背面升上来，映出她那同柳枝一般苗条与柔韧的阴影，长长的，使她显得更加清瘦。她的被太阳晒得微黑的两颊上，还透露着一种少妇特有的红晕；弯弯的、细长的眉毛底下，闪动着一双含情的、扁桃形的、水溜溜的眼睛。

路上的农人们都指手画脚起来了。他们用各种各样的贪婪的视线和粗俗的调情话去包围、袭击那个年轻的妇人。他们有时还故意停止工作，互相高声有心使她听得出来地谈论着他们夫妇间的事情：

"说吧,老黄瓜,为什么陈灯笼夜夜叫她守空房呢?"

"谁知道呢!家花没有野花香啰,也许……"

"不,有人说,她是在娘家养过什么汉子来的!所以,陈灯笼才不爱她,折磨她……"

"啊!原——来……那就不怪陈癞子啰!"

梅春姐尽管佯装没有听见,可是那些无耻的污浊的话,却总像箭镞似的向她射来,甚至射到她的心里。她着力地稳定了一下自己的脚步,飞快地冲出那恶浊的旋涡,咬着牙,喘息着,一口气跑到那湖岸的石头跟前蹲下了。

湖水,碧绿地、清澈地漂流着,起着细细的涟波。在湖岸的石头的两边,已经有好几个同村的妇人在那里洗衣了。梅春姐一面和她们招呼着,一面尽量地把那颗跳动的心儿慢慢地平下来,把那些恶毒的、刺心的秽话扔开去。她扯起衣角,揩了揩额角上因为奔跑而冒出的细细的汗珠,便弯腰洗她的衣服了。

水声和捶衣木的声音在湖中激荡着。不甘沉默的那些妇人,就趁着这个机会大家无所顾忌地攀谈起来。她们谈着家里日用的柴米油盐,她们谈着漂亮、新鲜、时髦的布料,她们谈论着公婆,谈着孩子,谈着自家的男人和别人家的暧昧的私事……

梅春姐夹在她们中间装得非常快活。有时候,她还故意地跟着旁人大笑几声。她想叫人家看不出来她那种被丈夫侵蚀的内心的痛苦。可是那谈锋却像有意要使她为难似的,不知怎么一下子又转到她的丈夫身上来了。

"他已经几天没有回来了呢?"发问的是一个麻面的中年妇人,十五年来她已经生了十个儿女了。她带着笑脸时,麻子就一粒一粒地牵动着。

"三,三天……"梅春姐轻轻回道。

"你想不想他呢?夜……"

"当然喽!"一个面孔涂得像燕山花的、有名的荡妇柳大娘,截断了麻子的话,"她为什么不想呢?这样漂亮、年轻……"

梅春姐觉得那淤积的心血,是怎样地热烘烘地涌上了她的面庞。她渐渐地把头低下来了。一面使力地搓着水浸的衣服,一面偷偷地瞟视着左右的妇人们。当她看见了妇人们——尤其是柳大娘那牢牢的视线——都在凝注她,而又感到自己的脸太红了的时候,她就故意把衣服往水中沉重地按着,几乎按得连人带桶都滚到湖中了。

"为什么呢?你们……"一个年长一点的,一面伸手抓着梅春姐,一面向大家责骂着,"不要再说这些事情了吧,你们都不是好东西!"

"好东西……年纪轻轻,男人做得初一,我就做得初二。"那柳大娘愤愤地带着一种真正的同情心,叫道,"哪个罗裙不扫地,哪个扫帚不沾灰!嗳,黄瓜妈,莫说梅春姐还这样漂亮……"

"啐!阎王会勾你的簿的!不要脸的,下流的家伙!你总以为人家都像你这骚货!"

大家又都哄笑起来。

梅春姐可不能再佯装快活了,她用了一股很大的自制的力量,勉强地洗完这一桶衣服才站起身来。然后又像逃难似的,拼命地穿过那些男人的下贱的视线和嘲笑,跑到了自己的家中。

二

丈夫陈德隆——因为生癞子,人家就叫了他陈灯笼。对于梅春姐是太不知道怜爱的。他好像没有把年轻的妻当作人看待,他认为那不过是一个替他管理家务、陪伴泄欲的器具而已。自从去年的一个风雪满天的、忧愁的日子，用一顶红轿、吹鼓手和媒人，把梅春姐从娘家娶回来以后，他就没有对她装过一回笑脸。他骂她，折磨她，并且还常常凶恶地、无情地在夜深人静的时候殴打她。他像很有计划似的打她的胸，打她的腹，打她的腿……他打着还不许她叫，不许给人家在外面看出她的伤痕来。

丈夫没有弟兄姊妹，只有一个老年的盲目的公公。在去年，那公公还能在听到梅春姐被丈夫打得辗转呻吟的时候，摸到房门口来用拐杖抛掷陈德隆，骂他是个无福消受贤德妇人的恶鬼！今年，不幸的是公公归天了，陈德隆就更加无所顾忌地欺压他的妻。他趁这时候学会了打牌，学会了喝酒，学会了和一切浮荡的、守空房的妇人勾勾搭搭。他常常一出来，就三五天不回来。

梅春姐对于丈夫是不能说不贤德的，她自始至终没有向人家说过丈夫半点过错。她忍受着，她用她自己的眼泪和遍体的伤痕来博得全村老迈人们的赞扬。当她听到了那雪白胡子的四公公和烂眼睛的李六伯伯敲着旱烟管儿，背地里赞扬她——"好一个贤德的妇人啊""好一朵鲜花插在牛粪上啊""癞子陈灯笼的福气好啊"的时候，她就觉得那浑身的伤处，都像给一种无形的、慈祥的、勉慰的手掌抚摩过似的，痛苦全消了。她可以骄傲——尤其是对于那些浮荡的、不守家规的妇人骄傲。

但是，一到夜间，当她孤零零地躺在黑暗的、冷清清的被窝中反复难安的时候，她的灵魂便空虚与落寞得像那窗外秋收过后的荒原一般。哀愁着不是，不哀愁着也不是。她常因此而终宵不能成梦。她对着这无涯的黑暗的长夜深深地悲叹起来……有时候，她也会为着一种难解的理由的驱使从床上爬起来，推开窗子，去仰望那高处，那不可及的云片和闪烁着星光的夜天；去倾听那旷野的浮荡儿的调情的歌曲和向人悲诉的虫声。

她忍耐着，一切都忍耐着——当她在夜间又想起白天里那些老人可宝贵的、光荣的赞扬时。

三

亡命般地从湖滨跑回来，放好桶，晒好衣裳，走进卧房的时候，梅春姐已经身疲力软了。她无心烧饭，无心饮牛，无心饲喂鸡和鸭……懒洋洋地躺在木床上，去推想她那命运中的各种不幸的根源。

田野中的男人们的秽语和湖上的妇人们的嘲讽，就像一个多角的、有毛的东西似的，在她的心中翻滚。她想起了母亲临终的前夜和父亲死时所对她叮嘱的那些话来："在家从父，出嫁要从夫。如果丈夫有什么不正当的行为的时候，只能低声地温语地，夜间在枕头上去劝慰他……"她觉得她对丈夫是太少劝慰了，她应当好好预备一些温软的话，在夜间，在枕头上，去劝慰她的丈夫才行。这样，她便深深地叹了一叹，把心思勉力地镇静了一会儿，就又慢慢地开始她那日常的、好像永远也做不完的家中的琐细事务。

在夜间，丈夫陈德隆回来了。他喝得醉醺醺的。在一线微弱得可怜的灯光底下，可以看到他那因长癞子而脱落了发根的光头上，有几根被酒力所激发着的青筋在凸动。他的面孔通红的，在刷子般的粗黑的眉毛下，睁大着一双带着血丝的、发光的、螃蟹形的眼睛。

他一声不响，歪歪倒倒地走到了床边，向梅春姐做成一个要冷茶的手势，就横身倒了下来。

夜——是很长的。当他喝冷茶喝足了的时候，当梅春姐正要用温软的言辞去劝慰他的时候,当村上的赌徒们正待邀人去赌钱的时候,丈夫陈德隆的酒醒来了。他突然像一根发条似的从床上弹了起来,伸手到小柜中摸出他那仅有的几块放光的洋钱和铜板,一只熊似的冲到村中去!

梅春姐拖着他的手,哭着,叫着:

"德——隆——哥!你,你不在家,人……家……要……欺侮我的!"

"谁呀?"他停了停脚步,"放心吧!没有人敢在老子头上动土的!"就扔下梅春姐的手,跑开了。

夜——是很长的。

梅春姐张望着丈夫的阴影,在无涯的黑暗中消逝着,回头又看着那像在打哈欠似的洞黑的床铺,她的心儿不能抑制地战栗了好久。被子里还遗留着丈夫的酒气,可是——没有了丈夫。小柜中还遗留着洋钱和铜板的空位置,可是——没有了洋钱和铜板。她想哭,可是——她连哭都哭不出来了。

她又慢慢地走到了窗口前,她在那里站立了好久好久。她想不出一个能够使丈夫回心的办法。叹气,流眼泪,一点也不能打动丈夫的那颗懵懂的心。她渐渐地,差不多要沉入到一种绝望的无可奈何的悲哀中了。

站着……叹着……之后,她就推开窗子伸出了头来,想看一看她那从小就欢喜看的夜空,想借着星星和月明来解一解心中的愁闷。可是,忽然地,像有一个什么暗号似的,那埋伏在她左右,专门为勾引她而来的,浮荡的粗俗的情歌,立时间便四面飘扬起来了。

最初是一个沙声的唱道:

十七八岁的娇姐呀——

没人瞅啦!

跪到情哥哥面前——

磕响头!

梅春姐向窗前唾了一口,把头缩了回来。她觉得这些人都是卑污、下贱的、太可笑的家伙。也不想想他自家是什么东西!但悲痛是无情的,她睡不着。她把耳朵轻轻地贴在窗口边,无聊地又想听下去——她是想赶去那快要把她全身都毁灭掉的悲哀:

哥说:"我的姐姐呀!

不怕你膝头骨跪得浮浮肿,

额头叩得没有皮。

你呀!要想情哥……万不依!"

接着,又有一个人装着女人的声音唱起来了。这声音,梅春姐一听就知道是那个身上脏得发霉,还常常佩着一个草香荷包的、小眼睛的独身汉老黄瓜唱的。喉咙尖起来就像那饿伤的猫头鹰一般地叫着:

姐说:"我的哥呀!

你要黄金白银——姐屋里有;

要花花绿绿的荷包子——慢慢送得来。

你铁打的心儿呀——想转来!"

沙声的又唱道:

哥说:"我的姐呀!
不怕你黄金白银堆齐我的颈,
花花绿绿的荷包子佩满我的身……
父母的遗体呀——值千金!"

梅春姐越听越觉得下流了,她离开了小窗,准备钻进那洞黑的床上。可是那歌声的尾子,却还是清清楚楚地可以听得出来。尖声的在后面接着:

姐说:"我的哥呀!
我好比深水坝里扳罾——起不得水啦!
我好比朽木子塔桥——无人走啦!
只要你情哥哥在我桥上过一路身,
你还在何嗨[1]——修福积阴功!"

沙声的没有再唱了。一阵一阵的嬉笑涌进了梅春姐的小窗,她用被头把耳朵扪得绷紧,她暗暗地又使力地唾了两回。她想:"你们能算什么东西呢?癞蛤蟆……"

然而,痛苦、悲哀、空虚、孤独……却又是真的。梅春姐只能尽量地抑制自己,她总还满望着丈夫有回心转意的一日。然而这一日要到什么时候才来呢?梅春姐不知道。因此,她的痛苦、悲哀、空虚、孤独……也就不晓得要到什么时候才能够解除。

---

[1] 何嗨:哪里。

第二章

一

第三年——梅春姐和丈夫结婚的第三年——的九月，不知道为了什么事情，从南国，从那遥远的天际里，忽然飞来了一把长长的、锐利的剪刀，把全城市和全乡村的妇女们的头发，统统剪下来了。

这真是一件稀奇的、突如其来的事情！

当这把长长的、锐利的剪刀，来到这村庄里，第一个落到黄瓜妈的头上的时候，她就浑身发起抖来。她要求道："好心眼儿的姑娘们啊，可怜可怜我吧！我要是没有了头发，阎王不会收我的，我要到地狱中去受罪的！"但谁听她的呢，一下子就像剪乱麻似的把它剪下来了。当这把剪刀第二个落到麻子婶的头上的时候，她就叫着，嚷着："剪不得啦！看相的先生说过了的：我的晚景全靠这头发，我要没有头发，我的一家人都要饿死啦！"但谁听她的呢，那巴巴头[1]就像一只乌龟壳似的，随着剪刀落下来了。当这把剪刀第三个快要落到那欢喜擦脸红的柳大娘的头上的时候，她早就藏躲起来了，等到寻了她从黑角落里拖出去，她便一面流泪，一面哀求地："少，少剪一点吧！没有了头发，我，我要丑死啦！"但谁听她的呢，姑

---

[1] 巴巴头：一种圆形发髻。

娘们的剪刀是无情的,差不多连根儿都剪下来了。当这无情的、长长的、锐利的剪刀,第四个落到梅春姐的头上的时候,她就很泰然地毫不犹疑地挺身迎了上来,她对着拿剪刀的姑娘们说:

"剪掉它吧,剪吧!反正我有这东西和没有这东西是一样的。我是永远也看不见太阳的人!我要它有什么用呢……"

一切妇女们的头发都剪下来了,一切妇女们都伤心地痛哭着:黄瓜妈哭着,她怕阎王不肯收她!麻子婶哭着,她怕年老时要饿饭!柳大娘哭着,她怕她的情人不爱她,抛弃她……

一切老头子们都夹七夹八地跟在中间摇头,叹气:

"不得了的!不得了的!盘古开天以来女人就应该有头发的。没有了头发女人要变的,世界要变的!"

只有梅春姐,她似乎与别的人不同。她没有把头发看得那般重要。因为,她的心已经快要给丈夫折磨死了,她已经永远望不到丈夫回心转意的那天了。她想:"变啊!你这鬼世界啊,你就快些变吧!反正我是一个没有用了的人,我的日子一半已经埋到土中去了……"

二

真鬼气,真是稀奇的事情!世界就是这么真正地、糊里糊涂地变起来了。

从那一天——剪掉头发的一天起,村子里就开始变得不太平不安静起来。不知道从什么地方跑来一些人(本村子里的也有),穿长衣的,穿短衣的,不分晴雨,不分日夜地在村子里穿来穿去。手里拿着各种各样的花样的东西,口里说着一些使人听不懂的新鲜的话。

真鬼气，真是稀奇的事情！

丈夫陈德隆也开始变起来了。他变得比从前更加粗暴、更加凶狠了。他从楼板上摸出了一把发锈的丈把长的梭镖来，把它磨得光光的。他说：他要去入一个什么会去，而那个会是可以使他发财的，将来可以不做事情有饭吃，有钱用，并且还可以打牌、赌钱。

梅春姐始终不明白这是怎么一回事。当她看见丈夫把那把发锈的梭镖磨得放光了的时候，她的心里就不知不觉地害怕起来：她怕他要用那梭镖将她刺死！并且他的那两条带着红光的视线，还不时地、像一支火箭似的直射着她，好像要将她吸到那螃蟹形的眼睛里去，射死她，烧死她似的。梅春姐不禁发起抖来了。

"不要到外边去！知道吗？"丈夫把那梭镖靠在怀抱里，手卷着袖子，"我要到会中去了……不，也许还要到旁的地方去。夜晚，你早些关门，这两天外边的风气不是很好！"

梅春姐用一种顺从的、恐惧的而又包含着憎恨的眼光回答了他。

她当真除了饮牛、饲鸡和上菜园以外，整整三天没有出头门一步。

可是，到了第四天早晨，不知道是因了丈夫的久不回来呢，还是因了自己的哀愁抑制不住呢，还是因了秋晴的困倦呢，还是因了另一种环境或者是好奇的原因的驱使呢？使她下了决心要跑到外边走一回。她从板壁上取下一把草叉来，用毛巾将剪发的头包了一下，顺便到自己的草场中去叉两捆稻草来做引火柴。

荒原，仍旧是去年的、前年的荒原；村子，仍旧是去年的、前年的村子，不过是多了一些往来的、不认识的人，不过是多了一些飘扬的、花花绿绿的旗帜。

在那原先的、住关帝爷爷的大庙里，还多了一座新开办的读洋书的学堂。

梅春姐缓步穿过一条狭小的田塍。在她的眼睛里，放射着一种新奇的、怀疑的视线。她像一只出洞来找寻食物的耗子似的，东张西望地把这变后的村庄看了好久好久，才又蹒跚地走向自己的草场。

稻草像两座小屋子似的堆在那里。在那比较小的一座的旁边，有一个穿长衣的和一个穿短衣的人在谈话。梅春姐没有注意他们。她只举起草叉来叉了两捆，准备拖回家中去。

"德隆嫂！"

"谁呀？"

她回过头去：一个年轻的、面孔像用木头刻出来的人望着她，他是麻子婶的大儿子木头壳。

"德隆哥昨晚回家了吗？"

"没有回来！"梅春姐轻声地应着，一面看了看那另外的一个背对着她的年轻人。

"唔！前晚还在会里和人家吵架来的，这家伙……"木头壳沉吟了一声，"一定是到哪里去打牌了，一定的！"

梅春姐把稻草都堆在一起，弯腰扎了扎。

那个穿长衣的年轻客便向木头壳问了起来：

"哪一个德隆哥啦？"

"就是啦……就是前晚那个和你们吵架的，那个癞子啦！"木头壳向梅春姐微微地盯了一盯，"啰，这一位便是他的癞嫂子，叫梅春姐的！"

梅春姐的脸羞得通红的。她的心里深深地恼恨着木头壳，她抬起头来，想拖着草叉就走！

不自觉地，那个穿长衣的年轻角色，正在打量她的周身。她和他之间的视线，无心地、骤然地接触了一下！

那张白白的、微红的、丰润的面庞上，闪动着一双长着长长睫毛的、星一般的眼睛！

梅春姐老大地吃了一惊，使劲儿地拖着稻草和稻叉，向家中飞跑！

三

陈德隆因为和会中的主脑人吵了架，一连三天都躺在情妇的家里不出来。第四天的中饭时，他足足喝了三斤半酒，听说会中又到了一个新从县里下来的人，又有一桩事情瞒他了，他才跑出去。

米酒把他的心火燃烧得炽腾起来。他走一步歪一下地向会中奔驰着。他的脑子里装满了那红鼻子会长的敌意的笑容和那副会长骇人的、星一般的眼睛。他有心要和他们抬杠。他觉得他们这些人都很瞧不起他，事事都瞒他，而不将他当成自家亲人一般地看待。尤其是副会长那特别为他们而装成的一副冰凉的面孔，深深地激怒了他那倔强、凶猛的、牛性的内心！

在经过自己的家门时，他停了一下，吩咐老婆晚饭时多做一些米。他是打算去和会中人吵一阵就回来的。不是要寻他们的错处，而是发泄自己心中的怒火！

有十来个人挤在会场中。当长工出身的红鼻子老会长，正用一根小竹鞭向人们挥扬着，说着一些听不分明的时髦的口语。副会长和另一个陌生的蓄短胡须的人，在写着一张什么东西的字单。

陈德隆冲到他们的面前了。他故意摇摆他的身子，像一头淘气的、发了疯的蛮牛似的撞到人丛中去！环睁的螃蟹形的眼睛，先向旁人打望了，就开始大声、无礼地喧闹起来：

"会长！什么事情啦，丢开我？"

老会长微微地皱下眉头不理他，手中的竹鞭子更加有力地挥扬着。他好像并不曾听见陈德隆的声音似的，又接连地说下去了：

"……总之，总会花钱，费力，都是为的我们种田人自己。我们去当两个月兵，就应该尽些心思，尽些力！"

陈德隆气起来。他蹒跚地冲过去，夺着老会长的竹鞭，他几乎要打着他的鼻梁了。

"是装聋吗？聋子吗？你不曾听见我的声音？"

老会长的鼻子火一般地燃烧起来！他颤声地、咬着牙关地啐他一口："你这瘟神！你……你又来瞎缠吗？"

"怎么是瞎缠呢？我来寻你们，就因为你们的心不公平，你们什么事情都瞒着我！"

"瞒你？"老会长浑身打战，他使力地抽出来他的小竹鞭子，挡着陈德隆的胸襟，"你能做什么事情吗？今天这里招兵，你能当兵吗？你能离开野婆娘吗……"

"能！"陈德隆顽强地叫着，"只要你们都不瞒我，我是什么都能做的！"

"打人、喝酒、摸骨牌……什么都能做的！"副会长冷声地笑着。他那一双大得唬人的眼睛，就像魔渊似的吸住了陈德隆的全身。

陈德隆跳起来了！他奔到副会长的跟前，拳头高高地抬着，就像一下子要击坏对方的头颅似的。他的声音带着沙哑："我要挖出你那双漂亮的眼睛，你瞧不起老子！不打人，不喝酒，不摸牌！都能行吗？行吗？"

人们使力地解开他们。那另一个陌生的蓄短胡须的人匆匆地跑来拉着陈德隆的手,向他温和地说:

"朋友,你不要生气啦!行的……你要愿意,明天就同我们到总会中当兵去!只要你能不喝酒,不摸牌,那都行的啦!"

陈德隆的怒火愈加上升起来!他瞅瞅这陌生的人一眼。他并没有问明白去当什么兵,就茫然地答应着。顽强、好胜,拥着他那一颗虚荣的、粗暴的内心!他很有一股蛮牛的性子,他可以给你犁地、耕田,而你不能将他鞭挞,尤其是不能违拗他的个性而欺侮他!

当他的名字被写上那张白白的纸单的时候,他还狠狠地骄矜了一下。他盯着那些有意瞧不起他的人,他的眼睛更加圆睁着,那就像已经报复了一桩不可解脱的深仇似的。他的心里想:"你们,妈妈的!嘿嘿!瞧瞧老子吧!你们能算什么东西呢?"

四

太阳走了,黑夜像巨魔似的,张口吞噬着那莽苍苍的黄昏。在小窗的外边,有无数种失意的秋虫的悲哀的呜咽。

梅春姐坐在一张小桌子旁边,失神地凝注着那些冰凉了的菜和饭。一盏小洋油灯在她的面前轻盈地摇晃着。她并不一定是等丈夫回来,自己也不觉得饥饿。在她的脑际里,却盘桓着一种从来不曾有过的、摇摆不定的想头。这想头,就像眼前的那盏小洋油灯般地摇摆不定。不是哀愁,也不是欢喜……

她懒洋洋地站起来,估量丈夫不会再回来了,便把小桌上不曾吃过的菜和饭收拾起来,用一块破布头揩了揩。

一切都和平常一样的：是夜，一个漫漫的、深长的夜！一个孤零零的，好像永远也得不到光明的少妇的凄凉的夜！

窗外的虫声呜咽得更加悲哀了，它们是有意唤起人们去给它们一把同情的眼泪的。

梅春姐又慢慢地靠近小窗，荒原迎给她一阵冰凉般的寒气！那摇摆不定的、错乱的想头，使她无聊地向四周打望了一下：一切都和平常一样的。只不过是那班浮荡儿没有闲工夫再来唱情歌了，只不过是在大庙那边多了些花色的灯光在闪烁！

她微微地把头仰向上方：一块碧蓝色的夜天把清静的、渺茫的世界包罗了。一个弯腰形的、破铜钱般的月亮在云围中爬动着；在它的四面，环绕着一些不可数出的、翡翠似的星光。

北斗星拖着一条长长的尾巴，那两颗最大的上面长着一些睫毛。一个微红的、丰润的、带笑的面容，在那上方浮动！

梅春姐深深地吃了一惊——像白天在草场般地吃了一惊！她觉得一阵迅速的、频频的、可以听得出来的心脏的跳动！她把头儿慢慢地低下来……在后方，突然地，一道沉重的、有力的破门的声音，又将她震惊了！

丈夫陈德隆的一双螃蟹形的眼睛现了出来。他的面孔微微地带点怒容，刚强而抑郁！他似乎并不曾喝酒，态度也比平常缓和了些。

"你还不曾睡啦！"他轻轻地拍了一下梅春姐的肩头，锁着眉毛说，"明天我要上街了！"

梅春姐痴呆了好一会儿工夫。好像有一件什么秘密的私情给丈夫窥破了似的，她的全身轻轻地颤着……一直等她发现了丈夫并没有注意她，而且反比平常和善了些时，才又迟迟地回复道：

"我……是等你啦……上街？做什么呢？"

"不做什么！去当兵，赌气！要两个多月才回来！"

丈夫是真正地没有注意她。他伸手从床上摊开来一张薄薄的被子，连连地说：他是今天又和会里的人吵了的，所以才赌气地同总会中的人去当兵。吃苦，他也得去拼拼来的……他叫梅春姐早些陪他睡了，明天好同他收拾一些随便的行囊，就同他们当兵去。

梅春姐是等他睡过之后，又站了好久好久，才吹灯上床的。她好像并不曾听见丈夫的话，她是深深地憎恨了这无情的、冷酷的、粗野的丈夫。当夜深时，她本分地给他蹂躏了她的身子之后，心里忽然生出了一种从来不曾有过的、稀奇的反响来："为什么我要永远这样受着他的折磨呢？我，我……"这种反响愈来愈严厉，愈来愈把她的心弄得不安起来！

她频频地向黑暗中凝眸着：那一双星一般、长着长长睫毛的眼睛，便又轻轻地、悄悄地在她的面前浮动起来了。她想："真是稀奇！虽然只是一次平常的见面，但那个人实在像在哪里见过似的！"不过，随即她又想，"唉！我为什么要想这些事情呢？我为什么要想这些事情呢？唉！唉……那双鬼眼睛真在哪里见过来着！"

她向黑暗里小心地、战栗地望望那睡得同猪一般的丈夫。忽然，她又被另一种可怕的想头牵动着。丈夫的那把磨得放亮了的梭镖，好像一道冷冰冰的电光似的，只在她的面前不住地摇晃，一双环睁的螃蟹形的眼睛，火一般地向她燃烧着！

在耳边，四公公和李六伯伯们的频频赞叹声又起来了："好一个贤德的妇人啊……那一朵鲜花插在牛粪上啊……"

梅春姐是怎样地觉得她的心在慢慢地裂开！裂成了两边，四块！裂成了许多许多的碎片！她悲哀地、沉痛地又合上她的眼睛。她深沉地想了：她还是要保持那过往的光荣的。她不能让这些无聊的、漆一般的想头把她洁白的身名涂坏。无论在怎样的情形之下，不管那双眼睛是如何撩人，她还是决心不再和他碰头为妙。

五

事情往往是出人意料的。

譬如说：一只耗子想要躲避一只猫，它是一定要想尽方法的。或者是终天守在洞里，或者打听到猫不在家时才出去，或者是老远地听到猫来了就逃……在耗子本身看来，这也许是一种比较安全的方法吧。但，不对——我们却常常可以看到一只耗子被抓到猫的口中。不仅是不能躲避，就是连怎样才会被抓到猫口中的，它都不知道。

梅春姐就正是一只这样的耗子，糊里糊涂地被抓到猫的口中。

她想是想得很好的。当丈夫叮咛了她一番匆匆离家之后，她就终天关在家里不出门。牛在家中饮，鸡在家中喂……连菜园，连上村下村的邻舍都不轻跨一步，这总该不会遇见那双撩人的眼睛吧！她自己想——但，不对！事情往往是出人意料的。水缸中没有水了，她得上湖滨去挑水来；引火柴烧完了，她得上草场拖草去；夜晚鸡没有回笼，她得去寻鸡；牛粪堆满了牛栏，她得将它倾倒到外面的肥料沟中去……

这些琐细的事务，总像苍蝇叮食物似的叮着梅春姐，要摆也摆脱不开。做完一件又来一件，而且，每一件事都是要跑到外面去才做得成功的。一跑出去，她就常常要遇见那个鬼人，那一双只有鬼才有的撩人的眼睛！梅春姐会因此而感到沉重的不安。越不安事情就越多，事情越多就越要跑出去，越要跑出去就越要遇见那个鬼人和那一双鬼眼。

谁知道那个鬼人是不是也在故意地到处阻拦她呢？

有几次，她是只跑到一半路就打了转身的；有几次她是绕着另一条小道而回的……她一见到他，一见那双鬼眼，心就要频频地、不安地跳动着。

她开始觉得她的世界慢慢地狭小起来了。她简直不能出门。好像她的周围已经没有了其他的人物，好像全村子甚至全世界都已经沉没了似的。她的眼睛里只能看到一个人，只能看到一双长着长长睫毛的、撩人的、星一般的眼睛！

她的四围站满了那个人，她的四围闪动着那双眼睛！

又有一次，也许是她回避和他碰头的最后一次吧。梅春姐去挑水时，突然地，给他在湖滨拦住了。他穿的是一件灰布的夹长衫，手里拿着一条细长的鞭子，满面笑容地望着梅春姐做了一个拦鸡鹅般的手势，将梅春姐拦在湖边。

微风舞着他的长长的黑发，他的一排雪白的牙齿同眼睛一样撩人地咬着那红润的下唇。他说：

"德隆嫂！为什么啦，你一见到我就逃？你……"

梅春姐轻轻地把小水桶卸下了肩头，背转身来，低低地望着那水中的自己的阴影。她的面孔突然地红到耳根。她的心跳得快要冲出喉咙了。她不知所措地、忸怩地、颤声地回道：

"我——不认得……先生呀！"

"不认得？我姓黄啦……是会中的副会长，就在那大庙里教书的啦。你不是在草场中见过我的吗？"

一阵风从梅春姐的侧面吹过来，把她那轻得使人听不出的回声拂走了。

"也许你忘记了！不过，你为什么要怕我呢？"

"我没有怕先生。"

"没有怕？好的！那么，我就改天到你家中玩吧！我和德隆哥很好，他回来了，我一定要去看他的。"

梅春姐一直等他舞着那条细长的鞭子，跑了好远好远了，才深深叹了一声，挑水回家去。

这之后，黄先生就常常要跑到梅春姐的家中来，梅春姐也就不能再像耗子怕猫般地那样怕他了。虽然是丈夫不在家，虽然她还时常提防着村邻们的非议，而他呢？有时是一个人来，有时候就带着麻子婶家的木头壳和会中的一些小家伙。

他还时时向梅春姐说一些关于女人们的开通不过的话语，他还时时向梅春姐讲一些关于女人们的新奇不过的故事。

梅春姐的脑子渐渐地糊里糊涂起来，梅春姐的决心渐渐地烟消云散了起来！于是，一只美丽、温柔的耗子，就这样轻轻、悄悄地被抓到了猫儿的口中。

六

这事情，就发生在一个黑暗的、苍茫的午夜。

梅春姐正为着一些村邻的无谓的谣言而忧烦着，她已经整整三宵不曾安静了。她的心里，就像一团迷雾般地朦胧起来。她想不清人们为什么要将她的声名说得那样难堪而污秽，她是实在不曾和人们有过什么卑微、下贱的行为的。她有很强的自控力。她可以排除邪恶的人们的诱惑，她可以抑制自己奔放的感情。而人们毕竟不能原谅她，毕竟要造谣污蔑她，并且在夜深人静时，还常来壁前壁后偷盗般监视她的行为。这真是太使梅春姐感到抑郁而伤心了。

十月的荒原,就像有严冬那样的冰寒了。很少有几声垂毙的虫们的哀叫,透过了小窗来,钻到梅春姐烦乱的心情里。她懒洋洋地靠着窗门,看那壁隙的微风将油灯轻轻吹灭。疲劳、困倦……慢慢地,将她推到了那洞黑的床前。

一个窸窸窣窣的、低微的、剥啄的声音,把她惊悸了!

小窗门微微地启开着。一个黑色的、庞大的东西,慢慢地由窗口向里边爬!爬……

梅春姐的全身都骇得冰凉了。她的牙门磕着!她几乎哑声地呼喊了起来!

黑色的东西摸到她的跟前了——是一个人。一个穿长袍子的、非常熟识的身材的人。梅春姐的心中慌忙着、击着、跳着……像耗子被抓到了猫儿口中般地战栗起来!

"怕吗?"那个人伸手摸着了她的肩头——一股麻麻的火一般的热力,透过她冰凉的身子。她嘶声地、颤抖地推开他:

"黄,黄……你……你……唉!你……"

"我是……梅春姐,你……平静些吧……我平常……"

"轻声些!你……唉……你不要害我的!"

"不要紧的!现时已经不比从前了……你安静些吧!"

梅春姐挣扎地摆下他的手来,她为那过度的惊惶而痴呆着。她的被眼泪淋湿着的身子紧紧地缩成了一团,她的心里更加慌忙地冲击着!

黄,像一匹狼般地再度向她奔来,梅春姐已经无法推开他了。为了逃避那些壁前壁后的逡巡人的耳目,她幽幽地、悲抑地向他哀求道:

"你去……去……那边……菜园，林子里，我来……"

"真的吗？"

"真的！"

黄，就像一只矫捷的壁虎般地从窗门翻走了。

外边黑得伸手看不见自己的拳头，梅春姐的心就像快要被人家分裂般地彷徨、创痛着！她推开了里房门，向着左方，那菜园的看不清的林子里踌躇着："天啦！这样的怕人啦，我去不去呢？我，我将……"

她站在那里惊疑了好久好久，她还不能决断她的适当的行踪。黄遗留下来的热力，就像火一般地传到她的烦乱的心里，渐渐地翻腾了起来！

她犹疑，焦虑着！她的脚，会茫然地、慢慢地像着魔般地不由她的主持了！它踏着那茅丛丛的园中的小路，它把她发疯般地高高低低地载向那林子边前！

"假如我要遇见了邻人……"她突然地惊惧着！她停住了，就好像已经在她的面前发现了一个万丈深长的山涧似的。她把头向周围的黑暗中张望一下，扪了一扪心，然后又昏昏沉沉地奔到林子里去了。

一个黑黑的、突如其来的东西拖着她的手，她的全身痉挛着！

"这里！"

"我，黄……"

"不作声！"

他轻轻将她搂抱起来，他紧紧地贴着她的脸！当他吻到了她那干热的嘴唇的时候，便一切都消失在那无涯的黑暗和冷静的寒风中了……

第三章

一

传言像一团污浊的浓雾般地将全村迷漫着。五七个妇人：黄瓜妈、麻子婶、柳大娘，还有两个年轻的闺女、小媳妇，又在湖滨的洗衣基石上碰头了。

她们曲曲折折地谈着这桩新奇的、暧昧的事情。

在她们的后面，有三个老头子：白发的四公公、烂眼睛的李六伯伯和精神健壮的关胡子。他们在那坟堆上抽烟，谈世事，他们向着太阳扪老虱婆。

柳大娘的双颊涂得火一般地通红了，她也想叫会中的副会长和有资格的人们看上她。她妖媚地朝那三个老东西唾了一口，又开始谈起她那还不曾谈完的故事：

"老黄瓜，他说……"

"说什么呀？下流的、不要脸的家伙！"黄瓜妈气起来。

"他说……哼！他还比我们下流百倍呢！"柳大娘冷声地笑道，"他还夜夜去梅春姐家的壁前壁后偷看他们呢！他说：'有一天，我伏在菜园的后边……'听呀，麻子婶！'我很小心地望着她家的窗子，一个黑色的东西向里边爬！爬……随后，又爬出来了。随后又有一个跟在那个的后边，摸到菜园中的林子里来了。我专神地一看：

哼！你说是谁啦？就是——梅春姐和那有一双漂亮眼睛的黄……'他说：'唔！是的，副会长……'"

黄瓜妈的脸色气得发白了，麻子婶笑着。

"我要打死那下流的东西……"黄瓜妈的眼泪都气出来了。

在远方，在那大庙的会场那边，有一群人向这湖滨走来了。似乎有人在吵骂着，又似乎已经打了起来。

柳大娘用手遮着额头望着，她吃惊地竖起她的眉头：

"麻子婶！你家的木头壳和老黄瓜打架啦！"

"打架？不会的！"麻子婶应着，望着，"我家木头壳很好……"

打架的人渐渐地走了过来。

"该死的！"麻子婶跳起来了。她是怎样地看见她的木头壳被老黄瓜踏在脚下揍拳头，又是怎样地看见人们将他们排解着……

麻子婶连衣都不顾地跑上前去。欢喜看热闹的、洗衣的妇人们和坟堆上的老头子们也都围上来了。

"我要打死你这狗头壳的，你妈的！你给副会长拉皮条！我，我……"老黄瓜的小眼睛眽着，他连草香荷包都被震落下来了，"我明天就要上街去告诉陈灯笼！"

"我操你的妈妈！我给你的妈妈拉皮条呢！你看见了？我操你的妈妈！"木头壳将一颗血淋淋的牙齿吐在手里，他哭着，面孔就更加像木头刻出来的，"你自己吊不到膀子，你对你的祖宗发醋劲儿！我操你的妈妈！"

麻子婶冲过去，她拖着老黄瓜的手，不顾性命地咬将起来！黄瓜妈浑身战栗着，她夹在人们中间喊天、求菩萨！

人们乌七八糟地围成一团了。

李六伯伯和四公公们从旁边长长地叹道：

"我们老早就说过了的！不得了的！女人们没有了头发要变的，世界要变的！"

"变的？还早呢！"关胡子摸着那几根灰白髭须，像蛮懂的神气，说，"厉害的变动还在后头啊……"

"后头？"四公公的心痛起来了，"走吧！没有什么东西好看的了！走！"

三个人雁一般地伸着颈子，离开那混乱的人群，向村中蹒跚地走着！

二

为着那痛苦的悔恨而哭泣，梅春姐整整好些天不曾出头门。黄已经有三夜不来了，来时他也不曾和她说过多的话。就好像她已经陷入一个深深的、污秽的泥坑里了似的，她的身子，洗都洗不干净了。她知道全村的人都在怎样地议论她；她也知道自己的痛苦，陷入了如何不能解脱的境地；她更知道丈夫那双圆睁的眼睛和磨得发亮了的梭镖，是绝对不会饶过她的……

好像身子已经不是她自己的了，好像有人在她的身子上做过什么特殊的标记。她简直连挑水都不敢上湖滨。

她躲着，或者是她连躲都躲不起来了。

"我就是这样将自己毁掉的吗？但，不能呀！"她想着，"我总得要他和我想一个办法的！"

这一夜，有着微弱的月光。梅春姐还不曾吹灯上床，木头壳便跑来敲她的房门了。

他的脸肿了起来，青一块，紫一块。他说："梅春姐！你们的事情很不好！我今天和老黄瓜打了起来！他要上街告诉陈德隆去。副会长叫我来，他在湖滨的荒洲上等你！"

"他怎么不来呢？"

"他不来！"

"天哪！"梅春姐的牙齿磕了起来。她的身子一阵烧，一阵冷！提到陈德隆，她的眼睛就发黑，她就看见那磨得放亮的梭镖和那通红的眼睛……

熄了灯光，她一步高一步低地跟他走着。突然，她站住了：
"假如老黄瓜到这里来抓我们呢？"

"不会的，老黄瓜被他妈妈给关起来了。"木头壳安她的心说。

湖水起着细细的波涛，溶浴在模糊的月光里。并且水岸好像已经退下了许多，将一条小船横浅在泥泞的倾坡上。

木头壳将梅春姐拉上船艘，自己用膝骨将船头推下了，便跳将上来，撑篙子，横切过那细细的波涛，向荒洲驶去。

梅春姐正正地凝注着那荒洲。小船也慢慢地离近了。当她看见了站在那割断了的芦苇根中的黄的阴影的时候，便陡然用一种憎恨的、像欲报复着他给予她的侮辱一般的目光，向他牢牢地盯过一下！她的眼泪就开始将她的视线朦胧起来。羞耻、悔恨和欢欣，将她的全身燃烧着。

黄走近岸边来拉起她了。木头壳就停在小船中等他们。他们走着，走着……不作声。脚踏着芦苇的根子，吱吱地响。

突然，在一个比较平铺一点的芦苇根中，他们站住了。他说：
"冷吗？梅春姐，怎么办啦？你的打算……"

"打算？"梅春姐的声音就像要变成了眼泪一般，她紧紧地拉着他的手，"我简直不能出门！他们把我那一向都很清白的名誉，像用牛屎、糠头灰糊壁一般地，糊得一塌糊涂了。他们还要去告诉我的丈夫！"

黄拉着她坐下来了，他昂头望着那片冷冰冰的夜天。在地上，发散着一种腐芦苇和湿润的泥泞的气味。

"并且，你……"她说，"你也不肯替我想一个办法的，你三天都不来了！"

黄长长地叹着，手里摸着一根芦草根子，声音气起来：

"这地方太不开通了！他妈的！太黑暗了，简直什么都做不开。"

"怎么办呢？做不开？"她沮丧得、悲哀得几乎哭起来了。

"会长太弱，什么都推在我一个人的身上，村中人又不开通！梅春姐，我想走……"

"走？你到哪里去呢？"梅春姐战栗着，哽着她的喉咙，"我要被他的梭镖刺死啦！我……"

"不，我想和你一同走！"

"一同走？到哪里去呢？我的天哪！"

"到镇上的区中去！我和总会里的人说过了。"

"镇上？"

"是的！我想明天就走。那里也有你们的会，你也可以去入会的。"

梅春姐不作声，她用手扪着脸，她的头低低地垂着。

"怎么，又哭吗？"他把手中的芦苇根子抛了。

半晌，她深深地叹着，将头仰向那上方的夜天：

"总之，唉！我是被你害了！我初见你时，你那双鬼眼睛……你看，就像那星一般地照到我的心里。现在，唉！假如我不同你走……总之，随你吧！横直我的命交了你的……"

黄紧紧地抱过她的头来，轻轻地抚摩着。他说：

"那么，你明天就早一些来啰！下午我在庙中等你，你只要带两身换洗的衣服。"

梅春姐还不及回他的话，在后方，木头壳叫了：

"你们还不走啦？冷哩！"

"好，你就明天早些来吧！"他重复地说。

月亮已经拥入到一片云墨中了。在天空，只有几颗巨大的寒星，水晶般地频频闪烁。

三

老黄瓜一夜不曾合眼，他恨恨地咬着牙齿。手上被麻子婶咬掉一块皮的地方还包扎着。房门锁了，后门锁了，连窗门都加了一个反闩。母亲还是足足地骂他到一更天才睡着。

他睁着小眼睛望着黑暗，脑筋里想起了一切挖苦人、侮辱人、激怒人的话，他是想用这些话到街上去激怒那癞子陈灯笼的。并且他还想好了如何避免陈灯笼疑心他吃醋，如何才能使陈灯笼看出他那真正的同情心和帮忙心来。

天还只有一丝丝亮，他就爬起来了。偷儿般地将房门扳了一下，扳不开！小窗门牢牢地反闩着。他用了全身吃奶子的力气，将窗栏杆敲折一块，反手将窗撬开，爬出去。

初冬的早晨的寒气，像一根坚硬而波动的铁丝般地钻进他的身子，他的全身起了一层鸡皮疙瘩。他用脏污的袖子揩了揩干枯的眼粪，拔着腿子向街上飞奔！

十多里路，他连停都不停地一口气跑到了。

不是醋劲儿,是真正的同情心和帮忙心!

陈德隆的样子很难看,是吃不住营中的苦呢?还是挂记着家中的妻子呢?当老黄瓜费了很大的工夫问到他的营前的时候,他就那么闷闷地非常不安。他肩着一根梭镖,和另一个背洋枪的人站在营门口。

老黄瓜老远地打着呼哨,招呼着陈灯笼,他不敢贸然地冲到营门去。

"你吗,老黄瓜?"陈德隆吃惊地睁着他的螃蟹眼,和那背洋枪的说了些什么话,就飞一般跑来了。他头上的一顶蓝帽子几乎压到了眉毛,"上街来做什么呢?"

"不做什么,专门来看看你的!"老黄瓜态度悠闲地说。

"看看我?"

"是的!"

"唉!老黄瓜……"陈德隆阴郁起来,"妈的!真吃苦,没有酒,没有烟!还天天操练……我总想销了差回家去!"

"回家?"老黄瓜微微地笑着,"我看你还是在这里好些呢!有吃,有穿……"

"吃,妈的,糙米饭!穿?啰,就是这样的粗布!"

"好!"老黄瓜更进一步地笑着,微微地露出点意思来,"衣裳很好,不过帽子的颜色还深了点!"

"怎么?"

"没有怎么!"他阴险地照着他预定的计划又进一层地挖苦着,"顶好还再绿一点!"

陈德隆的眼睛突然地瞪得通红了,就好像两支火箭般地直射着老黄瓜。他的声音急着,颤抖着:

"我的老婆偷人吗？"

"没有！"老黄瓜不紧不松地，他想把那牛一般的陈灯笼再深深地激怒一下，"她只和会中副会长黄有一点小小的往来，那不能算她的过错……"

"真的吗？"

"假的！"

忽然间，老黄瓜觉得他的一切计划都已经逐步通行了，便立时庄重了他的脸膛，满是同情心地说：

"我看你还是快些回家吧！哼……那狗入的木头壳给他们拉皮条。那鬼眼睛的副会长，还兴高采烈地在村中穿来穿去……是我实在替你不平了，才和他们打起来的！啰，你看，这只手……我今天一早上就爬了起来……"

陈德隆的脸青一阵白一阵，他呆呆地望着那高处，那不可及的云片和火一般的太阳光。随即他又低下头来。他把梭镖使力地插在坚硬的地上，约半尺来深。他将它摇着，摇着……一会儿又抽出来，一会儿又重新插起了，就好像要试试那梭镖能插人插得多深一般。他的牙齿像在嚼着一把什么大沙子，喳喳地响着！一会儿他又向地上疯狂地吐起唾沫来，一会儿他又笑着……

老黄瓜觉得陈德隆已经是怎样地怒得不可开交了，并且庆幸自己的心思已经完全达到。

连那个老远地背着洋枪的人，都不知道陈德隆在玩些什么鬼！

突然地，陈德隆像一只熊般地向老黄瓜冲去！猛不提防地在他的颊上批一下！

"去吧！老子明白，妈的，你也不是好家伙……"

老黄瓜满怀的冤枉。他是十分清楚陈灯笼有一把蛮力的，他不敢再吃眼前亏地飞奔着，一面恨恨地朝陈灯笼抛来两句遮羞的、报复般的话：

"不信吗？我操你的妈妈！狗咬吕洞宾，不识好人心！你这鬼癞子总有一天会晓得你祖宗的好意的！"

午饭的号声吹响了，陈德隆打定了主意，提着梭镖，匆匆地走着。在营门口，已经有了来替代他们的岗位的人。

四

梅春姐满怀着恐怖与悲伤。是舍不得离开家中呢？还是惧怕什么灾祸的来临呢？当木头壳跑来通知她三点钟就要起行的时候，她简直慌得手忙脚乱了。

"天啦！我怎么样才好呢？怎么样才好呢？天啦！"

她伸手到破箱子里去摸，霉陈腐旧的衣裳统统摸出来了。她在床前头翻了一阵，床后头又翻了一阵，实在不知应该翻些什么东西。

"天啦！我怎么样才好呢？"

满床的旧衣服，满地的旧衣服。木头壳又跑来催她了：三点钟过了好些分钟。

她胡乱地包成一个小包袱。她跑到牛栏去瞧了瞧那头饿瘦的牛，又跑到鸡笼去将鸡招呼一下，厨房、菜园、家用品和农具——满腔的酸泪与惜别的悲哀！

衣包重，脚步重，头低低地垂着……在门口，突然而来地——丈夫的一双圆睁的螃蟹形的眼睛放着红光！一个冒着热气的瘌痢头！一副膨胀的面庞和冷冰冰的凶狞的微笑！

梅春姐的全身发着抖。一股难堪的、因他的奔跑而生的汗臭和灰泥臭，直扑到她的鼻孔中来。衣包被震落在地上！

丈夫装得非常和蔼地靠近她的身边，他弯腰拾起她的包袱。

"回娘家吗？我特别跑回来为你送行的……来啦！先烧点东西给我吃，我们再去吧！"

就像一头老鹰抓一只小鸡般的，梅春姐在他粗黑的手中战栗着——轻轻地被抓到了房中。他坐在一张小凳子上面，失神地玩弄着一件由地上捡起来的霉污的衣服，吩咐着梅春姐给他烧点吃的东西。

外边非常阴暗。是黄昏的到来呢？是要下雨呢？还是梅春姐眼睛发花呢？她偷偷地看着陈德隆喝着她烧给他的米汤饭，就好像在云里雾里一般。她看着全屋子、全厨房，都团团地旋转着！她控制不住地战栗了好几阵！

木头壳第三次催她时，只看到陈德隆的半边脑袋就飞逃了。

他站起身来，揩了揩嘴边的残液，走近她那畏缩的、像一只小羊遇见狼般的战栗的身子。

"现在，"他说，"贤德的妇人！告诉我吧！你的娘家人都死尽了，你为什么又突然想起要回娘家呢？"

梅春姐用手防护着头，紧紧地缩着她的身子。她不作声，不作声……突然地——她是怎样地看见陈德隆举起一只熊掌般的大手，猛然地向她击去！她的头，像一只沉重的铁锤般地碰在门上。她的眼睛发黑，身子像螺丝钉似的旋了一个圈圈，倒在地上。

整个世界山一般地压着她！耳边的雷声轰轰地响着！

陈德隆又继续在她的胸前加揞了几下！

她躺着，躺着……五分钟，十分钟。不，也许更久一点。她终于苏醒了来。她的身子像置放在烈火中燃烧般地疼痛！她的脑袋，像炸裂般地昏沉起来！一股湿湿的膏糊般的流汁，渐渐地凝固着她那青肿了的头颅。

仿佛，她还能听得清楚：堂屋中满是嘈杂的人声。丈夫是怎样地和会中的人吵骂着，又怎样地和人家打了起来，她不能看。她的身子，不知道被什么人抬起来，放置在一块冰凉的木板上。随后又轻轻地摇摆着，走着……一直到荒原中好远好远了，丈夫那疯狂得发哑的、不断和人家的争闹，还可以清晰地传到那伤坏的梅春姐的耳中。

"……我要到区中去告你们！我要到总会中去告你们！你们将她抬走……我操你们的八百代……"

五

区中的正会长，是一个十分壮健而和蔼的人。他有两只炯炯有光的眼，和一双高高的颧骨。他说起话来，声音响亮。一副非常亲切的笑容，挂在他的那宽厚的嘴唇上。

"你到底要怎样呢？"他说，一面用手拍拍那愤慨得像疯牛一般的陈德隆，"现在，关于你老婆的事情，我们是不能管的，你要找回她，我就带你到她们的会中去……"

"去，妈的！"陈德隆叫道，"我是什么都不怕的，我非和她们拼拼不可！"

"你不会赢的！"正会长又真心地劝道，"你的理少……"

"她们的理在哪里呢？我不怕她们！"

"好，走吧！"

镇上，陈德隆是常常到的。但今天，他似乎觉得生疏起来了。

他看看那些街旁的房屋，他看着那些来来往往的人群，都似乎与平常不同了，都似乎已经摇晃起来了，都似乎在对他做一种难堪的、不可容忍的深深的嘲讽。

"嘿嘿！你这乌龟！"

"嘿嘿！你连老婆都管不了的，假装刚强的愚笨的家伙！"

陈德隆的心火一阵阵地冒上来，头上直流着细细的汗珠子。他觉得他走的不是冬季的冷冰冰的街道，而是六月的布满了火一般的太阳光的荒原！他感到十分热！

他是什么事情都不曾落过人家的下风的。在村中，他是唯一有名的刚强的男子。而目前，他半世的威风，眼睁睁地就要丧在这件事情上面了。他紧紧地捏着他那毛蟹爪般的拳头，他的心中频频地冲击着。

"我非和她们拼拼不可！我不怕她们的！我寻着她，刺死她！寻着他，挖出他那双漂亮的眼睛！我看她们将我怎么办？"

正会长在一个庙门前头停住了。他又露了露他那非常亲切的笑容。

"现在，你站在这里！"他说，"我看她们里面有没有主持的人来……"

陈德隆牢牢地盯着庙门，盯着那挂着的长长的木板。那木板上面的字，他都能认识，他将它念了无数遍。

一个老妈妈跑出来，将他带到一个从前供菩萨的殿堂里。

正会长和一个青年的卷发的漂亮的女人坐在那里。另一群也是短发的，剪成各种各样头样的妇人，在他们的两边围观着。

"你叫陈德隆吗？"那漂亮的女人问。她的头发卷得像一丛小勾藤似的。

"是！"陈德隆应着。他的心火不能按捺地燃烧了好几次。他瞪着那通红的眼珠子,死死地盯着她们。

"告诉我,陈德隆！"漂亮女人板起了她那粉红的面孔,又问,"现在,你跑来做什么呢?"

"不做什么,我来要我老婆的。"

"你要你的老婆?你懂得我们这里规章吗?"

"不懂得！她偷了人,丢了我的脸,我是要将她领回教训的。"

"好！幸亏你还不懂得。你要是懂了,你还会将她活埋掉呢！你把她打得头浮眼肿了,你还来……"

"她是我的老婆啦！"陈德隆截断了她的话头叫着。

"别提她是你的老婆吧！"那女人气冲冲地站起来了,"告诉你！你的老婆爱上了别人,这是她自己说的。我们这里的规章是这样的:女人爱谁就同谁住。并且还不能打她、骂她、折磨她！前晚的事情,我们饶了你,是因为你不懂得。现在,你去吧！她已经不是你的老婆了。她是我们这里的人了。她在我们这里养伤,养好了我们自己叫她回去。"

"真的吗?"

"真的！"

"我要是将她杀了呢?"

"你敢?我们抓到了你剥你的皮！"

"好！"

陈德隆一言不发,回转身子就走。他的脚步沉重地踏着台阶,他的牙齿喳喳响着,他的眼睛里放着那可怕的红光！

在后面,妇人们都哈哈大笑起来了！正会长老远老远地追着他,叫他的名字:

"陈德隆——陈德隆——"

他不回头,也不响,脚步更加使力地走着。过了街口,过了桥头,他的耳朵什么声音都听不见。

在堤前,他坐下了。

他定神地看着天,看着地,看看那土地庙旁边的一截枯腐了的白杨树的身干……

突然地,他走过去,使力的一拳——把白杨身干打穿一个大洞!

六

老黄瓜很扫兴。副会长走了,梅春姐走了,而陈灯笼又不肯将他当知心人看待。他去找陈灯笼几次,陈灯笼都不在家。就连那野婆娘儿们的家中都不去了。

"妈的!真倒运!"

今天,他听说陈灯笼回来了,并且在找人卖牛、卖鸡、卖家中的用品和农具。他特地跑来看他的。

陈灯笼满脸笑容地在打衣包。他说:

"来,朋友!晚间到我家来喝酒吧!我要出门啦!"

"出门?"

"嗳。"

"还有谁来呢?"

"不,就是我们两个人,喝杯米酒。"

"好的!好的!"老黄瓜走了几步,心里想道,"不错,妈的!还是好朋友,还是知心的人!不请旁人,单请我!"

夜间——

陈灯笼把小桌子架在堂屋中间，点着小油灯，一缸酒，五大碗热烘烘的鸡肉。

老黄瓜奇怪起来：

"陈灯笼，你为什么弄这多的鸡肉呢？"

"卖不脱，自己杀了它。来，我们喝酒吧！"陈灯笼斟给他一大杯酒。

"你到哪里去呢？"

"做生意去！不多谈它，喝酒吧！"

老黄瓜的心里更加奇怪起来。他看看陈灯笼好像并不是在喝酒，而是在喝一大碗一大碗的冷茶。吃鸡，好像连骨子都不愿意吐般地横吞着。他的光头上的青筋凸着！他的眼睛里放着血红血红的光！

"嗳！这又是怎么回事呢？嗳……"老黄瓜一边嚼着鸡肉一边想。

只在一刻工夫中，一缸酒已经只剩了一点边边了。

老黄瓜的视线模模糊糊起来。他是很不会喝酒的人，他给陈灯笼三杯五杯地，便灌得醺醺大醉了。

然而，一件心事，那就像一股不能抑制的蒸汽般的，跟着米酒的冲力而翻腾上来了。

"陈灯笼！"

"怎么？"

"他……他们呢？"他更加模模糊糊起来。小灯光变成无数团火花飞动着。

"谁呀？"

"梅——梅春姐……和黄——"

"管她呢,老黄瓜!"陈灯笼似乎在笑着,"男子汉,大丈夫,老婆只能当洗脚水,泼了一盆又来一盆!随他们吧,老黄瓜……"

"对的,对……的!"老黄瓜的身子渐渐地倒下来了,"陈——灯——笼!你的蛮……蛮……对!"

陈德隆站起身来。

"怎么,老黄瓜?"他走来将他的身子踢了一脚,就像踢着一团烂棉花一般,老黄瓜滚到门弯中去了。

陈德隆用了一种迅速的、矫猿般的动作,将桌子轻轻搬开,将那磨得发亮的梭镖,从床头取出。将梭镖头拔下,用纸张包好,插在胸襟内。又将梭镖棍子当扁担,挑起了衣包来,开开门,向荒原中走去……

银霜散布着夜的荒原。像那哭丧似的,哀叫的虫声,几乎完全绝踪了。月亮圆滑地从云围溜过,星星环绕在那泛滥的天河旁边,频频地眨眼。

陈德隆踏着大步地向镇上奔来。寒气掀起了他的酒意,使他更加倔强而凶猛了。一种沉重的杀机涌上他的心头。他的牙齿切得喳喳地响了!好像那黄的星一般的眼睛,好像那老婆的变节的身子与剪发的头颅,就停在他的前面般的,放出来一团团烈火,将他的灵魂燃烧着!

完全沉没在夜的风寒中的街镇,展现在他的面前了。他在那桥头前停了停,均匀了一回心头的喘息,酒意朦胧地,就开始进到街中了。他找寻他们的方向。

一道矮矮的垣墙,把一个狭巷中的低低的平屋包围了。陈德隆在那里停着。为了避免偶然的夜路人的碰见,他躲在墙角弯中,取出梭镖头来插上，将衣包就塞在那弯弯里。然后便跃身翻过矮墙来，在月明的光辉下轻轻地向着那第三个窗门爬去！

"不会错的！"他抑制着他的朦胧的酒意，坚持自己的判断。他用梭镖头将窗子撬开，向里边爬着……是他过于性急呢，还是黑暗中看不分明呢？当他使力地将梭镖向白色的床前一刺，就只听得到：喳——喳——

"哎呀！"

一声粗暴的喊叫，将他的梭镖头，震落到窗门里了！随后，他便只身如飞一般地跳出垣墙，偷偷地听着！

显然地，里面嘈杂的人声，完全不是！他气得提着衣包飞跑着！他的酒意，完全清醒过来了。

"唉，妈的！我怎么弄错的呢？我费了三天工夫才打听出他们来啦……唉！我到哪里去呢？他妈的，妈的！唉……"

第四章

一

梅春姐非常幸福地又回到村中来了：她是奉了命令同黄一道回的。当她在镇上听到那癞子陈德隆，因要杀他们却错杀了旁人而逃跑的时候，她就想要回来的。因为她的伤还不曾全好，才迟了几日。

她非常高兴，她从镇上那漂亮的女会长那里，学到了很多东西。她没有再住从前的那所旧房子了。她是和黄同住在大庙旁边的另一所新房子里的。她不曾再回来看过她的老家，她也不再悬念她家中的用品、鸡、牛和农具……

她不再怕人们的谣言了，她也不再躲在家中不敢出来了。她似乎完全变成了另外一个人。她整天都在村子里奔波着，她学着说一些时髦的、开通的话语，她学着讲一些新奇的、好听的故事。

姑娘们、妇人们都开始欢喜她，同她亲近了。老头子、老太婆们都开始嫉妒她，卑鄙她，同她疏远了。

当她一遇见了人时，她就说：她也要在村子里组织一个什么女人们的会了，那会完全是和男人们的会一样的。因为女人在这个时候统统应当自立起来，和男人们共同做事。女人是不能一世都依靠男人们的，而且，男人们也不能够无理地欺侮女人，打女人和折磨女人——就像陈灯笼过去折磨她的那样——因为女人和男人们一样地都是人啦！并且女人们从今以后，统统要"自由"起来：出嫁、改嫁都要由自己做主，男人是绝不能在这方面来压制和强迫女人们的！女人们还偷着留着没有剪掉头发的，限时统统要剪掉！村子里不准任何人再折磨"细媳妇"[1]！而且尤其是不准"包细脚"和逼着死掉了丈夫的女人们做寡妇！

这些话，梅春姐统统能说得非常时髦、漂亮和有力量。因此那班从前都赞誉过她的老头子和老太婆们，就格外地觉得稀奇、嫉妒、鄙视，而且渐渐地痛恨起梅春姐来了。

这真是一件稀奇的、鬼气的事情啦！

---

[1] 细媳妇：童养媳。

老太婆们都气着说：

"这样的规矩呵！鬼哪！鬼哪！贞洁的妇人怕缠魂鬼哪！"

老头子们都呕着说：

"这样的规矩！我早就说过的哪！女人没有了头发要变的，世界要变的哪！"

可是，那些年轻的姑娘和妇人却恰恰相反，她们大半都像疯了似的，全都相信了梅春姐的话，心里乐起来了，活动起来了！只等梅春姐一到村子里的某一个人家，她们就成群结队地将她包围着。她们都愿意加入和赞成梅春姐的这一个会，并且还希望梅春姐把这一个会早些日子成立起来！

这真是一件气人的、呕人的事情啊！世界到底要变成怎样的一个东西呢？很多老头子——像四公公他们，和老太婆——像黄瓜妈她们，都几乎要气得发叫起来了。

然而，梅春姐在村子里一天比一天更高兴地活动着。并且夜间，当她疲倦地从外面奔回家来的时候，她的黄也同时回来了。她便像一只温柔的、春天的小鸟儿般的，沉醉在被黄煽起来的炽热的情火里，无忧愁、无恐惧地饮着她自己青春的幸福！

他们能互相亲爱、提携，互相规勉、嘉慰。黄还时常教她读一些书，写一点字；叫她做一些新鲜的、有意思的玩意儿。她也更加爱护他，甚至于连一根毫毛都怕他伤坏。

白天，他们又各自分头地，在村子里做各人的事！

她常常想：这才是真正的生活呢。

当她的女人会开过第一次筹备会的一天早上，忽然间，她对黄说：

"黄，我……"

"怎么啦？"

"我想是……有……有了什么……"她羞惭地将头儿低下。

"嗳哈！不开通！不开通！"黄笑着说，并且急急地扶起她的头来，"是陈灯笼的吗？"

"不，你的！"她指着他的眼睛，"是你这双鬼眼睛的！星眼睛的！"

黄扪着他的眼睛笑起来：

"随他吧！我的好，他的也好，都是一样的。只要有人能生养就得啦！我们的大事情还要紧得很哩！姐！"

梅春姐还是不依地、娇羞地、狠狠地将他的眼睛盯着。

"唉，你的这双鬼眼睛！真撩人啊！"

二

那个最欢喜搽脸红的，平常总是同情而又嫉妒梅春姐的放荡的妇人柳大娘，也开始变得和梅春姐一样了。她也学着说起开通的、时髦的话来了，学着讲起新奇的、好听的故事来了。那是因为梅春姐所邀集的女人们自己的会，在三月八日那天正式成立时，柳大娘也当选了会中干事。

她奉了会长梅春姐的命令和指示，也开始日夜不停地在村子里奔波起来了。她的话虽然说不到梅春姐那么漂亮、有力，可是，如果按照梅春姐和一些其他的会中人的吩咐，一句一句地说出去，也是很能打动一些闺女和妇人的心的。因此那班守旧的老头子和老太婆见了她，就比见了梅春姐还痛恨得厉害。

"呸！那是怎样的东西呢？完全……下流货呀！鬼婆子……你

还要学她吗?"

"现在,无论谁啦——如果再叫那个脸上涂得像猴子屁股的骚货进门,我一定要打断她的腿!"

可是,柳大娘不比梅春姐,她却丝毫没有畏惧,仍然是高兴地、大胆地搽着脸红,在村子里的许多人家穿进穿出。她要是遇见了那些特别顽固和守旧的老头子、老太婆,就格外地觉得起劲了,因为她很能够抓到和指出他们的丑恶和错处来,给他们一个无情的回骂或威吓。

"你们还装什么假正经呢?公公、伯、叔、婶婶!你们的闺女和寡妇,不也是一样地在家里偷人吗?你们为什么不把她们明白地嫁掉呢?你们还偷着留着头发在头上有什么用处呢?你们都应该晓得现时不像从前了呀!一切女人和男人家都应当平等、自由……你们都以为大家统统是聋子和瞎子吗?你们一天到晚守在家里逼寡妇,折磨'细媳妇',强着给小女儿'包细脚'……这都是罪过和犯法的事情呀!你们统统都不懂吗?你们都想戴高帽子'游乡'、吃官司和坐班房吗?哼!我并不是梅春姐会长啦!你们还有心暗中来笑我、骂我哩!"

这真是太气人的、呕人的事情啊!但是谁还能大胆地当面回骂一句不赞成或反对的话呢?因为这世界完全变了样子呀!你假如要骂——那你就要算作反动或不动的人了,并且立刻就有坐班房和"游乡"的危险的。因此,每当梅春姐、柳大娘或者一些其他的女会中人来村子里宣传的时候,顽固的人家,就只好一面将闺女和"细媳妇"们收藏起来,一面仍然狠狠地在肚子里用小舌头骂着、怀疑着:

"妈的!怎样呢?世界到底要变成一个怎样的东西呢?"

"女人真的能和男人家平等吗？能当权吗？不依规矩能和男人一起睡觉吗？"

"寡妇能再嫁吗？女儿能分家产吗？"

"剪掉头发了，不'包细脚'，还像一个女人吗？"

"嗯！他妈的！盘古开天以来，就没有听见过这样的规矩！这都是她们那些下贱的东西自己造出来的啦！"

"操她们的妈妈！一个老法宝——不让她们进屋！"

"她们会自己塌下来的！放心吧！"

可是，无论他们这些顽固的人是怎样在怀疑、暗骂和反对，女人们的会在村子里的势力，是一天一天地扩大起来了。她们不但没有"自己塌下来"，而且反将那些被收藏的闺女和"细媳妇"，统统弄出来加入了她们的会。

这真是太气人的、呕人的事情啊！老头子和老太婆们的心血都差不多要气出来、呕出来了！他们或她们还能对这样的事情生出什么办法呢？假如真的是鬼入到女人们的心里了，谁还敢去阻拦她们呢？当柳大娘和其他的女会中人，一次比一次得意地在村子里摇来摆去的时候，他们简直连胆都要气破了啊！

"妈的！统统揍死她们吧！只要她们自己塌下来！"

可是，什么时候才能"塌下来"呢？他们却不知道。

三

因为会中有很多的事情不能够解决，梅春姐往往在太阳还没有压山以前，就站在那大庙旁边的新屋子门口，等候着她的黄回家来吃晚饭。

她近来是显得更加清瘦了，女会中的烦琐的事务，就像一副不能卸脱的沉重的担子似的，压着她那细弱的腰肢，使她丝毫都不能偷空一下。她那扁桃形的、含情的眼眶上，已经印上一层黑黑的圈子了。她的姿态好像完全变成另一个人了。她的肚皮微微地高出着，并且有一种不知名的、难挡的气息，时时刻刻在袭击和翻动着她那不能安静的内心。

黄也和她一样，为了繁重事务，几乎将身子都弄坏了。他的脸瘦了，皮肤晒黄了，眼睛便更加显得像一对大的、荒凉的星一般地，发着些微而且困倦的光亮。他也完全没有两三个月前那样漂亮了。因为他不但白天要和红鼻子老会长解决一切会中的事务，而且夜间还要为梅春姐做义务教师和指导者。

今天，梅春姐也和往常一样，老早就站在那里等着她的黄回来。

太阳刚刚落下去，她就在那晚霞的辉映里，遥远地看到了黄的那拖长着的瘦弱的影子，并且急忙地迎上去。

"怎样呢？黄啦……今天？"她温和地问道。

"今天好！"黄笑着说，"不但又有很多人来加入了会，而且还有人争执到土地的问题上来了……但是，姐啦！今天你们呢？"

"我们也好！黄……"她说，"不过，关于解放'细媳妇'和再嫁寡妇们的事，今天又闹过一些乱子！因为一班老年人都……"

黄却没有等着细听她的报告，就一同挽着手走进屋子里了。他们在一盏细细的灯光前吃过晚饭，因为事情上急，便又匆忙地讨论起问题来。

梅春姐小心得就像小学生背课文那样，将日中怎么发生乱子的经过，统统背诵出来了：是谁不愿将"细媳妇"交出来，是谁曾阻挡寡妇们入会，是谁来会中哭诉着、纠缠着，又是谁要来会中讲交情、求面子……这些问题她统统不能解决。她用了一种孩子般的无办法和渴望着救助似的神气，凝注着黄的面貌，希望他能迅速地给答复下来。

黄笑着，并且勉慰地问她道：

"姐啦！你的意思呢？"

"我以为……现在……黄啦！"她说，"我们也应给老年人一些情面，这些老人家过去对我都蛮好的。因为，我们不要来得太急……譬如人家带了七八年的'细媳妇'，一下子就将她们夺去，也实在太伤心了！我说……寡妇也是一样啦！说不定是她们自己真心不愿嫁呢……"

黄不让她再说下去，便扪着他的眼睛，禁不住哈哈大笑起来了。

"怎样呢？黄啦！你为什么笑呢？"她自觉羞惭地说。

"你为什么还是这样一副软弱的心肠呢？我心爱的姐！你以为一切的事情统统这样简单吗？"

"那么，你以为怎样呢？黄啦！"她追问道。

"我以为你还来得太慢了呀！姐！你们女人会的事情样样都落在人家的后面呢！你以为做这样的事情还能讲情面吗？还嫌做得太急吗？这是替大家谋幸福的事情呀！我心爱的姐！譬如我们过去如果不强着替她们剪头发，她们会自己剪吗？不强着替她们放脚，她们会不'包细脚'吗？不强着压制一班男人家，他们会不打老婆、不骂老婆和不折磨'细媳妇'吗？我的姐！一切的事情统统都是这样的呀！譬如你——姐！你如果不急急地反抗和脱离陈灯笼，我们又怎能有今日呢？"

"假如她们那些人要再来求情和争闹呢？"梅春姐仍然心虚地犹豫着。

"那还有什么为难的呢?我心爱的姐!不睬她们或赶走她们,就得啦!"

黄停顿了一下,用一种温和的、试探的视线,在追求和催逼着她的回话,并且捉着她的每一个细密的表情和举动。

外面田野中的春蛙,已经普遍地咯咯地嚣叫起来了。这不是那凄凉的秋虫的悲咽声,这是一种快乐的、欢狂的歌唱。一阵夜的静穆和春天的野花的香气,渐渐地侵袭到这住屋的周围来了。

梅春姐偏着头,微微地凝着她那扁桃形的眼睛,想了半天。突然地,她像得了什么人的暗示而觉悟过来了似的,一下子倒到黄的怀抱里,娇羞地、认错似的说道:

"对,黄啦!你说得对!我太不行了!是吗?从明天起,我要依照你的说法去做——将那些事情统统解决掉,并且报到区会中去!不要再给她们留情面了,是吗?我得将'细媳妇'和寡妇统统叫到我们的会中,听她们自己的情愿!是吗,黄啦?"

黄将头低下来,轻轻地吻了吻她那湿润的嘴唇,开心地叫道:

"是啦!我心爱的姐,你怎么这时才想清呢?"

外面的春蛙,似乎也都听到了他们这和谐的、温存的话语一样,便更加鼓叫得有劲儿起来了!

四

倒不只是女人的会的缘故,村子里又起了谣言了。而且谁都不知道这谣言是从什么地方来的。最初不过是三五个人秘密地闲谈、议论着。到后来,便像搅浑了的水浪似的,波及全村子以及村子以外的任何一个角落去了。

谣言的主要内容，当然还是离不了女人会的行动，尤其是梅春姐的和柳大娘的。一派人说：过了六月，便要实行"公妻"了。另一派人又说：不是的，要过七月；因为六月里女人得先举行一个"裸体游乡大会"，好让男人家去自由选择。一派人说：老头子们都危险，只要上了四十岁的年纪，统统要在六月一日以前杀掉，免得消耗口粮。又有一派人说：孩子们也是一样，不能走路的也统统要杀掉，而且还有人在城里和镇上亲眼看到过铁店里在日夜不停地打刀、铸剑，准备杀人。

这就使很多够资格的人都感到惶惶不安起来了。这到底是怎么一回事呢？全村子里似乎只有老黄瓜一个人知道得非常详细——特别是关于"公妻"和"裸体游乡"的事情。他就像个通村的保甲似的，逢人便告着。

"一定的呀！"他说，"我们大家都不要愁没老婆了……哈哈！妈的！真好看啦！七月一定'公妻'……只要你们高兴，到女人会中自由去选择好了。她们在七月以前统统要'裸体游乡'一次的，那时候，你就可以拣你自己所喜爱的那个，带到家里来！唔，是的呀！裸体游乡！哈哈……你们统统不知道吗？那才有味儿啦！告诉你……那就是——哈哈！就是……就是……女会中的梅春姐、柳大娘和那些寡妇、'细媳妇'，统统脱掉衣裳，脱掉裤子……在我们的村子里游来游去！唔……哈哈！你真不信吗？我要是骗你，我是你的灰孙子啦！屁股、奶奶、肚子、大腿和那个……统统都露在外面哩！唔！看啦！哈哈！哎哟！哎哟！我的天哪！我的妈哪！哈哈！"

老黄瓜说得高兴的时候，就像已经从女会中拣得了一个漂亮的老婆似的，手舞足蹈起来了。他的小眼睛眯得只剩了一条细线，草香荷包震得一摆一摆。如果那时有人从旁边怂恿他几句，他极有可能脱掉裤子，亲自表演一下。

梅春姐听到这一类的谣言，正是在一个事务繁忙的早上。她已经将很多繁重的离婚、结婚、"细媳妇"和寡妇的事情统统弄好了，准备到镇上的区会中去作报告——柳大娘匆匆地走进来了。她用一种吃惊的、生气般的神情，对梅春姐大声地叫嚷道：

"真的，气死人啦！梅春姐你还不知道吗？老黄瓜在村子里将我们造谣造得一塌糊涂了！他说，他说……我们统统，统统……"

"啊！怎样呢？他说？"梅春姐尽量装得非常镇静地问道。

"什么'公妻'啦！'裸体游乡'啦！他就像已经亲眼看见过的一样！那龟孙子！"

梅春姐一一向柳大娘问明白之后，便郑重地将到镇上去的事情暂时搁下，带着这些谣言亲自去找其他的会中人去了。

可是，谁都不知道这谣言是从什么地方来的。当她们决定要将老黄瓜抓来问一问的时候，老黄瓜却早已闻风逃得不知去向了。

夜晚，黄从镇上回来。梅春姐气得像一只受了委屈的小羊般地倒在他的怀抱里，一五一十地告诉他村子里怎样发生谣言的经过，并且还沮丧地、忧伤地叹息道：

"黄，为什么世界上偏偏有这样一些不开通的人呢？他们为什么专门造谣、诬害呢？我们还不认识的时候就出现谣言，认识过后又是谣言。后来，我们正式回到村子里来做事情了，我想谣言该不会再落到我们头上吧！然而现在——却连我们自己的会，都要遭他们的谣言了！黄，他们为什么偏偏这样混账呢？关于这些谣言，他们都从什么地方造出来的呢？黄啦！你告诉我呀！黄啦！"

黄轻轻地抚弄着她的短发，并没有即刻就答复她的问题。他的眉头深深地锁着；他那星星般的撩人的眼睛，在灯光下微微地带着一些不稳定的光彩；他那清瘦的面容，似乎正在深思，疑虑着一桩什么未来的大祸事一样。

梅春姐深深地诧异起来了。

"黄啦！你为什么又不回我的话呢？"

黄皱皱眉头，笑了一下。他说：

"没有什么，姐！不过，这些谣言都不是我们村子里自己造出来的！这是一条——毒计！"

"毒计？"梅春姐吃惊地坐起来了。

"是的。不是谣言，姐！而且听说省城里还有了大的变动哩！昨天镇上开了一通宵的会，就专为这事情的。"

"啊！那怎么办呢？黄……假如省里一变动，我们现在的事情，不统统都要停下来吗？"

"那当然不能停的！"黄站起来兜着圈子，断然地说，"莫要说这还只是些谣言、消息，姐，即使是真的有什么大祸发生了，我们还能抛掉这里的事情逃脱吗？姐，我们目前已经没有其他的路了呀！不是死——那就只有努力地朝前干下去呢！"

梅春姐轻轻地战栗了一下！然而，却被一种数年折磨出来的苦难的意志，将她框住了。

"那么，假如真的要变动起来，我们后天还要不要排新戏呢？"

"当然排喽！"

黄这样一说，梅春姐便觉得一切的事，都重新得了保护似的，勇气和意志都坚强不少了。

五

是因为肚子渐渐地大起来了的病态的变化呢，还是由于局势的不安而感到忧愁和疑惧呢？在大家不顾一切而排戏的那个晚上，梅春姐总觉得有些像亡魂失魄那样的，连行、坐、说话，都显得难安、恍惚起来了。

这时候，外面的谣言就像一片大大的乌云、浓雾似的，将天空和日月几乎都遮蔽着。这不是从前的那种关于梅春姐一个人的谣言了，这是关于整个的大局的啦！

有人说：不但是省城里有了变动，而且县城里也开来了新的反对的兵了，镇上也显出惶惶不安的景象来了。有钱的，先前被赶出村子的人现在统统要溜回来了。他们全准备着，要和村子里各会中的人算账。并且要拿各种各样可怕的手段，来报复各会中的人。关于女人们，他们尤其说得恶毒：入过会的，抓来——杀！不曾入会而剪掉了头发的，现在统统要送到五台山或南岳山去给和尚……

然而，他们却还像并不知道的那样，仍然在关帝爷庙中排他们的戏。那戏是黄亲自编出来的，为的是要表演一个很有田地的人，剥削长工和欺压穷困女人的罪恶。因为主角和配角的人都要得非常多而且复杂，除红鼻子老会长、梅春姐、柳大娘、木头壳和黄自己之外，还派人到村中去强邀了麻子婶以及很多个年轻的媳妇和小伙计来，准备大规模地练习一次。

黄自己扮那个有钱的、作恶的角色，戴着一撮小胡子和两片墨晶眼镜，穿一件太不相称的大袖子的袍子。红鼻子老会长仍然扮他那最熟习的长工的角色。梅春姐扮有钱人的大太太，柳大娘扮姨太太，木头壳扮听差的小孩子。此外，麻子婶以下，便统统扮穷困妇人和那受剥削受得太多，而商量共同起来反抗的种田汉。

外面的天色已经变得乌黑无光了。一阵初夏的清凉而阴郁的空气，掠入庙堂来，扑到高高的戏台上，将一排巨大的灯光都几乎扇灭了。这时候，在野外很少能再听到快乐的、高叫的蛙声，而代替了一种新虫的悲哀的低诉。夜的一切，似乎都沉入到了一种深沉的、恐怖的、不能解脱的陷坑里，而静待着某一桩预料了的祸事的到来那样。

角色统统分配、化妆之后，便开始了第一幕的台词的口授——因为几乎全部的演员都不识字而无法读剧本。可是，黄还没有说完他那第一幕的第一句，从外面——从那黑暗的、不知方向的一角——突然发出了一道裂帛似的枪声！

大家一怔！接着又是第二声，第三声！

与其说这是一个突然的变动，倒不如说，就是那一件约定的祸事的到来。当时每个人都进出了一种惊悸的、仓皇的和绝望的脸色，并且开始大乱和大闹起来了！女人们哭着！孩子们哭着！年轻力壮的人们都急忙地冲到庙门的外面，开始向黑暗中飞逃了！

这真是一件惊人的、可怕的事情啊！

黄急忙用一种迅速的、猫儿扑鼠般的手法，将那排巨大的灯光统统扑灭了。梅春姐惊心地、惶悚地、紧紧地靠着他的身子，并且不能抑制地、悲伤地战栗着！

红鼻子老会长和柳大娘都摸着、跌着，从黑暗中逃跑了。木头壳背着他的妈妈麻子婶，由竹篱笆的狗洞中钻出去……

黄急忙地、下死力地将梅春姐拖着、拉着，从一道窄门中溜了出去。这时候，大庙里已经没有一个人留着了。他喘息着一边抹掉了他的那撮假的小胡子和墨晶眼镜,一边将那件大袖子的不相称的袍子,脱下来撕得粉碎了!

"我的天哪!天哪!我们到哪里去呢?"梅春姐嘶声地、战栗地摸着她的大肚子呜咽着!

"不要响!姐!轻声些!"黄尽量地抑制了她的悲诉。

他们背着枪声的方向,轻轻地、匍匐地爬过了一条田塍,爬过了一个高高的丘冢,一条茅丛的小路和一段短桥……当他们快要爬到那湖滨的时候,突然被一个东西一绊——梅春姐和黄便连身子都给绊倒下来了!

三四只粗大的黑手,连忙捉着,抓住他们的胸襟!当他们明白了这是怎样的一回事之后,便一齐震得、疼痛得昏迷过去了!

黑暗的夜空中,正开始飘飞着一阵细细的雨滴!

第五章

一

巴巴头,万万岁;

瓢鸡头[1],用枪毙!

---

[1] 瓢鸡头:一种短发造型。

六月的太阳火一般地燃烧着。三个老头子：四公公、李六伯伯、关胡子，坐在湖滨的一棵老枫树底下吃烟，乘凉，并且谈论着这半年来的一切新奇、动乱的时事。

四公公，那个白胡髭的最老的老头子，满面忧烦，焦虑地向那健壮的关胡子麻麻烦烦地问着，关胡子就告诉他那么一个歌儿。

"你上街回啦！总还有旁的消息吧？"

"没有。"关胡子又说，一面用手摸着他的胡髭，"不过，那姓黄的和陈灯笼的嫂子，听说会在近天中……"

"近天中？唉！可怜的小伙子！天收人啊！那个女人还怀了小孩子哩！"四公公的头颅低低地垂着，就像一只被打伤了的鹅一般，他的声音酸哽起来了，"总之，我们早就说了的：女人没有头发要变的，世界要变的哪！"

李六伯伯揉揉他的烂眼处，一副涂满了灰尘的瘦弱的面庞上，被汗珠子画成了好几道细细的沟纹。他想开口说一句什么，但又被四公公的怨声拦阻着。

四公公是更加忧愁了，他不单是痛惜黄和梅春姐，他对于这样的世界，实在是非常担心的。七十多年来的变化，他已经瞧得不少了：前清时州官府尹的威势，反正时的大炮与洋枪，南兵和北兵打，北兵和南兵拼，他都曾见过。可是经过像目前这般新奇的变化，他却还是有生以来的头一遭。

一阵沸热的南风，将地上的灰尘高扬了。大家将头背向湖中，一片荒洲的青翠的芦苇，如波涛般地摇晃着。

四公公到底沉不住心中的悲哀了，他回头来望着那油绿的田园，几乎哭着，说：

"你看啦！黄巢造反杀人八百万，都没听说有这般冷静！一个年轻些的人都瞧不见他们了……"

"将来还有冷静的时候呢。"关胡子又以那种夸大的、像蛮懂般的神气摸着他的胡髭,"将来会有'有饭无人吃,有衣无人穿'的日子来的啊!"

李六伯伯将他的烂眼睛睁开了:

"我晓得!要等真命天子出来了,世界才得清平。民国只有十八年零六个月,后年下半年就会太平的,就有真命天子来的!"

"妖孽还多哩!"关胡子说。

"是呀,今年就是扫清妖孽的年辰呀!"李六伯伯的心中更像有把握般的,"明年就好了。后年,就更加清平!"

"后年?唉!"四公公叹着,"我的骨头一定要变成鼓槌子了。想不到活七十多年还要遭一回这样的殃啊!唉!"

世路艰难了——又有谁能走过呢?

人心不古了——又有谁能挽回呢?

像梅春姐和黄他们那样的人,也许原有些是自己招惹来的吧,但其他的呢?老头子们和年轻的人们呢?

一只白色的狗,拖着长长的舌头,喘息着从老远奔来,在李六伯伯的跟前停住了。它的舌头还没有舐到李六伯伯的烂眼睛上,就被他兜头一拳——击得"汪"的一声飞逃了。

二

一切的事都像梦一般的。

在一个阴暗的潮腐的小黑屋子里,梅春姐摸着她那大大的肚子独自斜斜地躺了一个多月。一股极难堪的霉腐的臭气,时时刻刻袭击着她那昏痛的头颅。一种孕妇的恶心的呕吐与胎儿的冲击，折磨得她体力不支，连呼吸都显得艰难起来了。

室外是一条狭窄的走廊，高高的围墙遮蔽了天空和日月——乌黑的，阴森森的，像永远埋在坟墓中一般。只有一阵咚咚的脚步声和刺刀鞘的噼啪声来回地响着。一个胖得像母猪般的翻天鼻子的、凶残的看守妇，一日三通地来监视着梅春姐的饮食与起居。在走廊的两旁的前方，是十余间猪栏般的男囚室。

与其说是惧怕自己在这次大变动中的厄运，倒不如说是挂虑黄与那胎儿的生命为真。梅春姐整日沉陷到一种深重的恐怖中。大半年来宝贵的、新鲜的生活的痕迹，就像那忍痛拔除的牙齿还留下一个不可磨灭的牙根一般，深深地留在梅春姐的心里了。是一幅很分明的着色的伤心的图画呢！她是怎样在那一夜被捉到这阴森的屋子里来的，她又是怎样在走廊前和黄分别，黄的枯焦的颜色和坚强的慰语，其他的同来人的遭遇……

这般的，尤其是一到了清晨——当号声高鸣的时候，当兵丁们往来奔驰的时候，当那母猪般的看守妇拿皮鞭子来抽她的时候，这伤心的图画，就会更加明显地展开在梅春姐的面前；连头连尾，半点都不曾遗忘掉。她的全身痉挛着！因此而更加证实了她的厄运，是怎样不能避免地就要临头了。她控制不住地微微地颤抖着、呜咽着……

"唉！也许，清晨吧……夜间吧……唉！我的天哪！"

然而，归根结底，自己的厄运，到底还不是使梅春姐惊悸的主要原因。她这大半年来不能遗忘的新的生活，她那开始感到有了生命的还不知道性别的可爱的胎儿，她的黄，他的星一般撩人的眼睛！

"唉！唉！我的天哪！"

翻天鼻子的看守妇走来了，她用一根粗长的木棍，将梅春姐从梦幻中挑醒来。梅春姐就抱着她那大大的肚子，蹒跚地移到窗门上。一种极难看的凶残的脸相，一种汗臭和一种霉酸的气味，深沉地胁迫与刺痛着梅春姐的身心！

在往常，在这一个多月中，在无论怎样的恐怖与沉痛的心情之下，当看守妇走来在她的身上发泄了那凶残的、无名的责骂之后，梅春姐总还要小心赔笑地鼓着胆子问过一回关于男囚室的消息与黄的安全。虽然她明知道看守妇不会告诉她，或者是欺蒙了她，但她仍然不能不问。并且她在问前，还常常一定要战栗了好几回，一定等到了那也许是假的，也许是欺蒙她的完全的回答之后，她才敢自欺自慰地安睡着。

这样的，已经一个多月下来了！

但，今天，还是怎么的呢？是看守妇的脸色过于凶残呢，还是自己的心中过于惊悸呢？当看守妇和她纠缠了许多时辰，又发泄了许多无名的气愤而离开她的时候，梅春姐是始终不曾也不敢开口问过黄来。一直等到看守妇快要走过走廊了的时候，她才突然地，像一把刀子刺在喉咙中必须拔出来般地嘶叫着：

"妈妈……来呀……"

看守妇满是气愤地掉过那笨重的身躯，大踏步地回到窗前来了。她双手叉在腰间，牙齿咬着那臃肿的嘴唇，向梅春姐盯着：

"什么？"

梅春姐鼓着胆子，战栗地、嗫嚅地问道：

"那，黄……黄？"

"还有黑呢！你妈的！"看守妇冷冰冰地用鼻子哼着，唾了一口走开了!

梅春姐在窗前又站了许多时辰,她的眼睛频频地发着黑。一种燃烧般的、焦心的悬念,一种恐怖与绝望的悲哀!

"天哪!怎么的呢?还有没有人呢?"

一阵咚咚的脚步声和噼啪的刺刀鞘声音响近来了。一个兵——一个脏污的、汗淋淋的荷枪的汉子,向她贪婪地凝望着。

梅春姐又鼓起她的胆子来,又战栗地、嗫嚅地向这脏污的兵问道:

"老总……"

他走过来,眼睛牢牢射着梅春姐的脸。

"请问你……那边……男囚室……一个黄,黄……"

脏污的兵用袖子将脸膛的汗珠抹去,他更近一步地靠到她的窗前。

"你是他的什么人啦?"

梅春姐有点口吃起来了:

"是……同来的……"

"他嘛……"那脏污的兵说,"他,他们……"

梅春姐战栗了一下!她目不转睛地盯着那脏污的兵的嘴唇,惊心地等待着他的这句话的收尾。一种悬念的火焰,焦灼地燃烧起来!她想,他该会说"他们好好地躺在那里"吧!但他却正正他的帽子的边沿,说道:

"他们在今天早晨——"

"早晨?"

突然地,一道流电,一声巨雷!一个心的爆裂——像山一般的一块黑色的石头,沉重地压到梅春姐的头上!她的身子飘浮地摇摆着！像从天空中坠落到了一个深渊似的，她的头颅撞在窗前的铁栅上了。她就像跌筋头似的横身倒了下来！

胎儿迅速而频繁地冲动着！腹部的割裂般的疼痛，使她不能够矜耐地全房翻滚了！

没有思想！没有灵魂！整个的世界完全毁灭在泪珠和汗水、呻吟与惨泣之中！

看守妇怒气冲天地开开门来，当她瞧到那秽水来临的分娩的征候的时候，她就大声地诅骂着：

"你妈的！你妈的！生养了，你还不当心啦！"

梅春姐死死地挨着墙边，牙齿咬着那污泥的地板，嘴唇流血！胎儿的冲击，就像要挖出她的心肝来一般，把她痛得、滚得，渐渐地失掉了知觉，完全沉入昏迷中了。

看守妇弯腰等待着：拾取了一个血糊的细小的婴儿，一面大声地嚷着，骂着！呼叫着那个脏污的、荷枪的汉子：

"他妈的！跌下来的！还不足月呢！还是一个男孩子啦！请把你的刺刀借我，断脐带……"

三

在外面过了大半年漂流生活的陈德隆，突然地回到村子里来了。他是打听了四围都有了变动才敢回的。

在他自己的屋子门前，呈现出一种异常的荒凉与冷落，完全变了样子了。他站在那里很久很久而不敢进门，就像一个囚徒被释放回来般的，他完全为一种牛性的、无家的、孤独的悲哀驰遣着！

村子里瞧不见一个行人了。一个阴沉的闷热的天，一阵火一般的南风的吹荡。几只野狗，在自家的荒芜的田地里奔驰，嘶吠！

究竟还是老朋友老黄瓜，是他的小眼睛锐利呢？还是听到旁人说的陈灯笼回家了呢？他第一个不顾性命地奔来欢迎陈灯笼。他也是因那次造了谣言，被赶走之后，最近才回村子里的。他的身上还是一样地脏，一样地佩一个草香荷包，一样地用破衫的袖子揩额角间的汗珠和眼眵。

陈德隆迎上这一个大半年来不曾见面的好朋友。

"回来啦！陈灯笼！"他说，满脸欢欣地，"一定发大财了……"

陈德隆笑了笑，他那被外面的风霜所折磨的憔悴的面容上，起了好几道糊满了灰尘的皱纹。他像一个真正的朋友一般，拍着老黄瓜的肩头，迟迟地说：

"回来了！"一股非常难堪的热臭——汗水和灰尘臭——互相地冲袭起来，"他们呢？村中的人呢？

老黄瓜痴呆了一会儿，拖着陈灯笼走进那荒凉的屋子里，在一条满是灰尘的门限前坐着。他一边用袖子揩去了汗珠子，一边说：

"他们吗？唉！会中的人，失的失了，走的走了！那个黄已经早在街上干掉了……你的嫂子跟着也……不，听说她还在的，还生了一个男孩呢！啊！啊！我应该恭喜你做爸爸啦！"

陈灯笼冷冷地笑着。他从破衣包里摸出了一支贱价的纸烟来，擦根火柴吸了。他从容地踏死了一个飞来的蚱蜢，并且解开小衫的胸襟，风凉风凉地听着老黄瓜的诉说。

遥远地，三个老头子，像两根枯萎的桑树枝护着一条坚强的榆树一样，关胡子在中间，四公公和李六伯伯像挟着他似的向陈德隆的家中走来了。

四公公到底不行了，用了拐杖，他轻轻地敲打着陈德隆的台阶。

"回来了，德隆……半年多些在哪里啦？"

陈德隆招呼着这三位老人在门限前坐着，简短地告诉了一点大半年来不甚得意的行踪之后，话头便立即转到梅春姐和黄的身上来了。

交谈了一会儿，四公公又慢慢地将他的拐杖合拍地敲打起来了。他带着教训似的声音，一字一板地说：

"总之！这事情，是德隆你的不好。当初她是怎样地对待你来！她是全村中都晓得的，有名的好女子。而你？德隆！你将她折磨！现在，我们就抛开那些不谈。总之，梅春的变卦和受苦完全是你德隆逼出来的！对吗？你不那样逼她，她能有今日吗？是的，你一定要怪我做公公的说话太直，但李家六伯伯和关公公在呢。他们不姓陈，他们该不会说假话吧！唉！唉！现在，她还关在街上的，她还替你生了个男孩子——这孩子是你的啦，德隆！她和姓黄的一共只有八个月，这孩子当然是你的！唔！就算那不是你的吧，有道是'人死不记仇'啦，'一日夫妻百日恩'！德隆，这时你不去救救她，你还能算一个人吗？当然喽，我们并不是说梅春没有错，但是，最初错的还是你呀！德隆！公公活了七十多年了，是的，好本事、好角色的人看了不少，就从没有看见一个见死不救的，那样狠心的好角色呢！"

陈德隆的头低低地垂着。他在这三个老头子面前好像小孩子似的，牛性的、凶猛的性情完全萎靡了。也许是受了半年多来外间的风霜的折磨吧，也许是受了过度的、孤单的悲哀和刺激吧，他的心思终于和缓了下来。当他听完了四公公很费力的长长的教训的时候，当他看到了大家——连老黄瓜——都沉入一种重层的静默的悲哀之中的时候,他才觉得他对于梅春姐是还怀着一种不可分离的、充满了嫌忌的爱,爱着她的。虽然他过去对她非常错过,而她又用一种错过来报复了他!总之,这一切的,他们中间的不幸的事故。何况,黄已经死了,而她又替他——也许是黄吧!但他暂时无暇去推究这些——生了孩子了,又正正地在等待人家的援救!

他沉默着!深深地沉默着!他尽量在自己的内心里去搜求他那时对于梅春姐的过去错过的后果和前因!

四公公又敲起他的拐杖来了。李六伯伯在他的烂眼睛上挥掉了那讨厌的苍蝇。关胡子老像蛮懂得般地摸着他的胡子。老黄瓜满是同情地悲叹着。

"怎么啦?还不曾想清吗?"四公公的拐杖几乎敲到了陈德隆的光头上来问他。

"我想,四公公……救她,我能有什么法子呢?"陈德隆完全像小孩子似的。

"我们就是为这个而来的啦!"关胡子说,抹去了胡子上挂着的一个汗珠,"没有办法我们还来找你吗?我们商量好了,只怕你不回来!现在,镇上新来的老爷听说很好,他手下有一个专门办这些事情的人!总之,我们商量好了,你不回来我们也要办的!我们邀了全村的老年人具一个保结,想把你的田做主押一点钱,用你这做丈夫的名字,去和老爷的手下人交涉,就求他到街上去……总之,这事情是很有把握办成功的。旁的村中也有人办过来了!"

陈德隆在心中重新地估计了很久很久,重新地又把自己和梅春姐的不可分离的关系深思了一会儿:一种阴郁、一种嫌忌的爱与酸性的悲哀!

在三个老头子和老黄瓜不住地围攻之下,在自己的不能解除的矛盾之中，他终于凄然地叹道：

"一切都照你们三位老人家说的办好了，只要能救她的性命。钱、田，我都是不在乎的！就算我半年来做了一场丢人的噩梦吧！"

三个老头子都赞扬了他几句，走了——两根枯萎了的桑树枝和一条坚强的榆树。随后，老黄瓜也走了。不过，老黄瓜是只走了十几步远就停住的。他的脑筋里还正想念着一桩其他的心事呢：

"他妈的！真好！把梅春姐保出来时，也许……哼！他妈的，老子还有点希望呢！"

四

天气更加炎热得炽腾起来。还保住了性命被由街上解到镇上来的梅春姐，整天淹没在眼泪与沉重的怨苦之中。先天不足的弱小的婴儿，就像一只红皮小老鼠一般，在她的胸前蠕动着。她讨来一块破布衫将他兜包了。用一种从来不曾有过的、母亲的天性的爱抚，一种几近于无的淡微的乳汁将他营养着。因为割肉般地心痛着黄的死亡，而流枯了眼泪的、深陷着的扁桃眼珠子，就像一对荒凉的枯井般地微睁着。在她那金黄的脸上，泛起了一小块产后失调的、贫血的、病态的红潮。

镇上似乎比街上宽待了她些，把她押在一个有床铺也有方桌子的房间里。一种破灭的悲哀和恐怖，仍旧牢而有力地缚住了她那战栗的灵魂。代替了黄而使她不能不惶惧与痛惜着自己的身躯的，完全是婴儿的生命。她不能抛掉这刚刚出世的苦命的小东西——她的心头肉——而不管；假如她那不能避免的厄运真真来临了的时候，她是打算了和这婴儿一道去死亡的。叉死他！或者将他偷偷地勒毙！她很不愿意这弱小的灵魂孤零零地留在世界上，去领受那些凶恶的人的践踏！虽然她明知道这许是一桩深重的罪孽，一种伤心的、残酷的想头！

一连三天，她都沉陷在这种破灭的悲哀的想头里，因为，他们那些人也许要将她拉到她自己的村子里去做她的——她想。经常来监视她、送她的食物的，却完全换一些粗人男子。在第四天的一个清晨，突然跑进一个中年的、穿长衫的人，将她从房子里叫出去。

梅春姐战栗地拥抱着她的婴儿，在经过一种过度的恐怖的烈火燃烧之后，她突然地，像万念俱消般地反而刚强起来，蹒跚地向中厅跟去！

一个留仁丹胡髭的人等在那里。旁边还侍立着两个跟随，替他扇风。他嬉笑地捻着他的胡髭，说：

"今天……你可不要怕！"

梅春姐战栗了一下！她用一种由绝望的悲哀而燃烧出来的怒火，盯着那撮胡髭。

"你的家中来人来保你了！现在，你就可以跟他们出去！"

"出去？"这又是怎么回事呢？梅春姐像梦一般地朦胧起来。她仍然痴呆着！突然，那个人却又改变了他的笑容，故作正经地、大声地、教训她般地怒道：

"去吧——以后当心些！别再偷坏的人做野老公了。这回要不是你们全村的老人都具结……"之后，他又是嘻嘻地笑将起来。

梅春姐完全变成糊里糊涂的了。她被那个中年的、穿长衫的人送到了头门。

"家中来人？这又是谁呢？谁呢？"

陈德隆的光头和一双螃蟹眼睛，突然地涌到门口来了！他正正地拦在梅春姐的前头。

"啊哎！"梅春姐突然地叫着！像比那厄运临头还要惊惧地，这突如其来的变化，完全震慑了她那残破的灵魂，她手中的婴儿几乎要震掉下来了。

没有等她来得及明白这变化的原因的一刹那，就由两个人将她扶上一顶小轿，昏昏沉沉地抬着走了。好远好远她才恢复她那仍然像梦一般的知觉。一阵羞惭，一阵战栗，一阵痛楚与悲酸……将她的血一般的干枯的眼泪狂涌起来了。

是什么时候来到家里的呢？她完全模模糊糊了。她只是昏昏沉沉地看到了满屋子全是人，只听到丈夫同四公公和老年人们说了些什么话，又出去将他们统统送走了，她才稍微清醒了一些。

丈夫走进门来，发出沉重的脚步声！在房中，他停住了。

丈夫瞧她一眼——她也畏怯地瞧丈夫一眼！丈夫不作声——她不作声！在丈夫的脸上，显着一种憔悴的容颜——一种酸性的、悲哀的沉默！在她的脸，还剩下（就像剩在一片枯黄了的秋天的落叶上似的）一块可怜的残红——一种羞惭与悲痛的汗流的战栗！

他们站在那里，沉静了好久好久，好久好久。

终于，出于母性的爱——为了婴儿，梅春姐忍痛流泪地抱着那小人儿走近他的身边了。她说着——她的话，就好像是那婴儿钻在她的喉咙里说出来的一样，带着一种极其凄楚的悲声的呜咽：

"德隆哥……现在，我的错……统统……请你打我吧！请你看在孩子的面上——请你……"

她没有工夫揩她的眼泪，让它一滴赶一滴地流落在熟睡的婴儿的小手上,又由婴儿的小手落入尘埃。陈德隆低头重步地走近她的身边:一种男人的汗水臭和热臭透到她的肺腑。他走到床边躺下了。他那秃头阴暗无光地斜枕着。他那无可发泄的牛性的悲哀,把他闷得、胁迫得几乎发狂起来!

"你说吧!会长老爷!"突然地,他又从床上翻身起来了,"大半年来你把我侮辱成什么样子了呢?我的颜面?我在外面千辛万苦地漂泊,又求三拜四、卖田卖地地花钱把你弄出来!我完全丧尽了我平日的声名了!"

梅春姐摇拍着怀中苏醒而悲哭的婴儿,她的头千斤石头般地下垂着。她的眼泪已经不是一滴两滴地滴了,而是一大把一大把地涌出来。

突然地,像一个什么灵机触发陈德隆似的,他像一匹狼般地冲向梅春姐!他从她的怀中夺过那啼哭的婴儿来,沙声地叫着:

"老子看!老子看!他妈的!是不是小砍头鬼!是不是小砍头鬼?"

梅春姐拖着他的手,跟着他转了一个旋圈,发着一种病猿般的嘶声的哀叫:

"德隆哥!你修修好吧!他是你——的!你——的啦!"

陈德隆终于没有看清,就向床上一掷,自己跑到房门边坐下了。在刚刚弥月的婴儿的身上,是很难看出像谁的模样和血脉来的。

梅春姐将婴儿抱起来死死地维护着。陈德隆更加阴郁而焦烦了。在他那无力发泄的、酸性的、气闷的心怀里,只牢牢地盘桓着一种难堪而不能按捺的愤愤的想头:

"我怎么办呢?他妈的!我倒了霉了!我半世的颜面完全丧在这件事情上了!他妈的!妈的,妈的,妈的!"

五

无论梅春姐怎样地哀求、巴结，丈夫对于她总是生疏的、嫌忌的。最初，他在四公公和许多老人的监视和邻居的解劝之下，似乎还并不见得怎样地给梅春姐以难堪。但后来，过得久长一点了，便又开始他那原是很凶残的无情的折磨。

梅春姐的生活，就重新坠入了那不可拔的、乌黑的魔渊中。为了孩子，为了黄遗留给她的这唯一的血脉，她是不能不忍痛地吃苦啊！

当夜间，当丈夫仍旧同从前一样地醉酒回家的时候，梅春姐的灾难便又临头了。他好像觉得变节了的妻是应该给她以折磨，应该给她以教训，才能够挽回自己的颜面般的。他深深地懊恼着，并且还常常地为此而自苦！

他用那毛蟹般的铁指，拧着梅春姐的全身——当她驱过了蚊虫，放好了婴儿陪他就寝的时候。他噬咬着她的奶头！他缚住她的腿！他追问她和黄间的一切无耻的、污秽的琐事！梅春姐总是哀求地呜咽着，一面护着那睡熟的婴儿。陈德隆拧的牛性发了，便像搓烂棉花似的，将她的身子继续地大搓特搓起来。梅春姐战栗地缩成一团，汗水与泪珠溶成一片！

"你告诉我不？"

"告什么？"梅春姐喘息着悲声地叫着。

"你怎么和那鬼眼睛的砍头鬼搭上的？"

"我不知道！"

"我杀死你！"

"杀死我吧！修修好吧！顶好是连我们母子一刀杀死！"

陈德隆将她折磨得厉害的时候，心里就比较舒服一些。接着，又有意捉弄她——把她的婴儿倒提起来！他说：这是小砍头鬼——就因为他始终不能确定那婴儿是不是他的——他要将他抛掷到湖里去见龙王爷！直等梅春姐哭着向他几乎叩头赔礼了，他才放下。

他睡着的时候，已经是深夜了。梅春姐常常通夜不能闭一闭眼睛。她听到丈夫的鼾声，她的怒火便狂烧着，只因了爱护这唯一的婴儿的生命，她才不能或者是不敢做出旁的举动来。她只能在这样黑夜的痛苦的哀怨之中，来回忆她和黄的伤心的爱史与大半年中的崭新的生活，来展开她那幅梦一般的、着色的、凄凉的图画。尤其是关于木头壳他们的消息，老会长和柳大娘们的流亡……她很少能看到一个从前在过会中的熟识的人了，因为她不愿出门也不敢和人家交谈。她就这样像埋在坟墓中般地埋在家里，忍痛地领受丈夫的践踏！

黑夜就像要毁灭她的全身般地，向她张开着巨大的魔口，重层地威胁着她。蚊虫在帐子的四面包围着，唱着愁苦的哀歌，使她不能爬起来，或者是稍微舒一舒心中的怒愤。她不敢再凝望那夜的天空和那些欲粉碎她的灵魂的星光的闪烁。她不敢再看一看那大庙，那同黄践踏过的草丛的路途、园林、荒洲和湖中的悠悠的波浪！她一看到那些——倒如说感到那些——她的心就要爆裂般地疼痛着。

丈夫的螃蟹眼睛，总是时刻不能放松地盯着她。即便是到了深夜，到了他已经熟睡的时候，都好像还能感到他那凶酷的红光的火焰，使她惊惧而不能安宁。

她只能将血一般的泪珠，流在婴儿的身上；她只能靠在那纤嫩的、瘦弱得可怜的小脸儿上，去低诉她的心的创痛，去吸取一点安慰，一点什么也不能弥补的、微弱的婴儿奶香。在过去，在那还比较缓和一点的乌暗的生活之中，她还可能望得到黄的援救，终于还幸福地过了半年多的光阴。然而现在呢？黄呢？就连木头壳们都不知道生死存亡了！而自己又不忍心抛掉这婴儿去漂泊！

一切的生活，都坠入了那一年前的不可拔的乌黑的魔渊中。而且还比一年前要更加乌暗，更加悲哀些了。

"天啦！但愿他们都还健在呢！但愿他们……唉！唉……"

过了好些时日。

是因为四公公他们老年人的责劝呢，还是因了丈夫陈德隆折磨得厌了而暂思休息呢，还是梅春姐的苦难转变成了另一种方式呢？丈夫对她的打骂，便又慢慢地松弛起来。他除了经常喝酒以外，又开始他那本性难移的嫖赌和浮荡。田中横直这一季已经荒芜了，而且大半又都抵卖给了人家，他又可以更加无挂碍地逍遥着。

"德隆哥！家中没有米了呢……"

"饿死他！"

"德隆哥！天要凉了，孩子没有衣服呢……"

"冻死他！"

"德隆哥！你修修好吧……"

常常地，当梅春姐想要再说几句的时候，丈夫已经连头都不回地跑到荒原中去了。她无可奈何地只好自己来舂谷，自己来拿破布衫给孩子改衣裳！

一切的生活，都重新坠入了那一年前的不可拔的乌黑的魔渊中，而且还比一年前要更加乌黑，更加悲苦些了！

"天啦！但愿他们都还健在呢！但愿他们……"

第六章

一

"我要杀死你这小砍头鬼！我要杀死你这小砍头鬼……"

父亲陈德隆拿着一把劈柴刀，大踏步地像赶一只鸡雏般地赶着他的六岁的大儿子香哥儿。两个四岁的、三岁的小的，也跟在他的后面唔呀唔呀地叫着！

他在一个门角弯里将香哥儿擒住了。

"妈呀……救，救我呀……"

"你叫！你叫——我割断你的喉咙！"

梅春姐像一只野鹅般地从房中飞出去，蛇一般地绕着陈德隆的颈子。

"怎么，德隆哥？"

"我要杀死这小砍头鬼！他妈的！卖他卖不掉，留着来害老子！"

"杀吧！杀吧！"梅春姐就在他的颈子上狠命地抓了一下，"顶好把那两个小的先杀了，然后再来杀他！再来杀我……"

陈德隆将劈柴刀和香哥儿向门角弯里一摔，就开始和梅春姐大闹起来。

他的脸不是六年前的脸，声音也不是六年前的声音了，但他的性情却还和六年前一样。

他摸着自己的颈皮，破嗓沙声地骂着：

"你抓呢！你这母猪狗……我操你的祖宗！你偷了人，还养出这小砍头鬼来害我啦！"

"你为什么不将两个小的先卖掉呢？不将两个小的先杀死呢？你这狠心的狼！你没有本事养活……"

这种话深深地伤了陈德隆那牛性的、倔强的心。他来不及等她说完，就跳起来给了她一个耳刮子！

"臭婊子！没有本事？谁没有本事？我操你祖宗三万代！"

梅春姐的左脸印了一道血红的手印，她险些哭起来了！孩子们也呜啦呜啦地叫着，陈德隆就像发疯般地来揍小孩子。

梅春姐死死地将他扭着、滚着……一直到他气得发颤起来——丈夫是从来不曾气得发颤过的——冲到门限前坐下了，她才爬起来。她望着丈夫那种倔强而又无办法的干枯的脸色，也不由得代他心酸了一回。但这心酸是很有限的，即时又被她的一种历年折磨出来的憎恨心排挤着。

是的，丈夫是变了很多了，单单除了他那倔强、凶猛的、牛性的内心以外。六年前，他还是可以过活的、自耕自种的农人，而现在却是给人家帮零工的小雇佣了；六年前，他还是一个一夫一妻的逍遥汉，而现在却变成三个儿子——不，也许只有两个，因为从那个大的的一双眼睛上，他已经断定出来完全是小砍头鬼——的父亲了；六年前，他还是有名的嫖客、赌徒和酗酒汉，而现在却变成了一个连一日三餐都得不到的挨饿的人了！

梅春姐是很清楚这些的。而且她还能从六年前的一段幸福的生活中，模糊地推想到了丈夫之所以弄到这个样子的原因和他目前的状况。但丈夫却不听信这些，因为梅春姐已经在他的面前变成罪孽的人了，何况梅春姐所讲的还不能迎合他的心意呢。

一阵酷热的南风，燃烧般地扫过来。站在干旱的田野中的雇主家的人，已经又在叫他车水了。陈德隆气愤地站起身来，蹒跚地走着。在他那黯淡的面容和无光的螃蟹眼睛里，是可以清楚看出一种苦闷与倔强相混淆的矛盾来的。

梅春姐望着他走过好远好远了，才憎恨而又悲哀地叹了一声，走进房中去。她将两个厌恶的小孩哄睡了，又将大的一个搀着，拿了米篮，无可奈何地走向村中的麻子婶家去借晚饭所需的米。

麻子婶和梅春姐一样都是不幸的人：她的大儿子木头壳已经六年不曾回家了，最小的两个儿女在前两三年过兵灾水旱时都卖了。她稍微比梅春姐好一点的就是她的二儿子、三儿子、四儿子都能得力了，所以她还能马虎地过着。

"我借给你三升米吧！你的丈夫在人家吃饭了，你们就可以吃两天……唉！总之……"

梅春姐牵着香哥儿在那里坐了一刻工夫，一种不能按捺的恳切的悬心，使她问到了木头壳。

"他吗……唉！唉！听说是在一个什么……唉，记不清了！总而言之是蛮远的地方！"麻子婶的声音酸楚起来，流出了两点眼泪。这眼泪，就好像是两根锐利的针刺一般，深深地刺着了梅春姐的衷心。想起黄来，想起六年前的幸福生活，她几乎又哭出声来了！

"我要不是……麻子婶，唉！不是抛不下这小冤家……我情愿同你家的木头壳一样呢！我情愿永不回来！我现在……唉！就只望那小冤家长大！或者……"

香哥儿完全莫名其妙地怔着，瞪着他那小小的、吃惊的、星一般的眼睛，拖着他妈妈的手：

"你哭呢，妈妈！回去吧，爹爹要打我啦！"

梅春姐抚摩着他那瘦小的头颅，蒙眬地盯着他的小眼睛。忽然地，他叫着：

"妈妈，我肚子痛！"

梅春姐提起米篮，将他抱在怀中，告辞了麻子婶，连忙向家里飞奔着！

二

先天不足而后天又失调的，用母亲的眼泪养成的大儿子香哥儿，在丈夫的重层厌恶之下，本来早就非常孱弱，何况还染上了流行的痢疾呢。

他瘦弱得就像一个小纸人儿了，两腮毫无血色地深陷着，格外地显露出他的那一双星一般的小眼珠子，使人见了伤心。

他一拐一拐地从头门口撑壁移过来，爬到妈妈的身旁哭着：

"妈妈！爹爹他又打我哩！他把'猪耳朵'[1]给弟弟吃，不给我吃！他叫我去守车，我要吃'猪耳朵'呢！我不守车呢！"

"好宝宝，好香哥儿……'猪耳朵'吃不得呢，你屙痢啦！"做妈妈的声音显然已经很酸哽了，"来，不要怕爹爹！不要去守车，妈妈教你写字吧！"

梅春姐忍着心酸哄着香哥儿。她把六年前从黄手里学来的几个可怜的字，在半块破旧的石板上画给他看。她幻想着这孩子还能读

---

[1] 猪耳朵：一种用面粉做成的油炸食品，因形状像猪的耳朵而得名。

书、写字……甚至于同他那死去的爹爹一样。但香哥儿怎么也不肯依她的,他只尽量地把"猪耳朵"的滋味说得那样好吃,又把爹爹的面相说得那样凶残。

"好呢,香哥儿……看妈妈的字吧!妈妈等会儿买'猪耳朵'给你吃啦!"

"不,我就要吃,妈妈!"

这要求是深深地为难了母亲的,她失神地朝头门打望着:丈夫携着那两个使她厌恶的小孩走来了,他们的小嘴里还啃着"猪耳朵"。

是旧有的酸心发酵要将香哥儿磨死呢,还是他自己的穷困不能解除而迁怒于香哥儿呢?陈德隆撒了两个小孩的手,又大踏步地冲到梅春姐母子们的面前:

"去!小砍头鬼!同老子守车去!"

香哥儿死死地把脖子钻进妈妈的怀中。

"哎呀!妈妈救我啦!"

忽然地,那块破旧石板上写的两个歪歪斜斜的"黄"字,映到陈德隆的眼中了,那就同两把烈火燃烧了他的心一般,他猛地一脚将石板从小凳子上踢下来,跌得粉碎!

"好啊!你妈的!还告诉他学那砍头鬼来害我呢!"他叫着,张手向他们母子扑过去!

梅春姐正待要和他争闹时,他已经从她的怀中夺过香哥儿了。他冲出头门,向火热的荒原中飞跑着!

香哥儿叫!梅春姐叫!两个小的孩子也在头门口哇哇地哭起来了!

陈德隆将他抓着提过了半里路,就将他猛地一摔——跌落在干枯的稻田中，梅春姐不顾性命地奔来将他抱住。

夜晚，香哥儿便浑身火热，昏昏沉沉地不能爬起来了。梅春姐急得满屋子乱窜！她连忙将两个小的哄睡了，就跑出去寻丈夫和医生。

丈夫正趁着夜间的风凉在那里替雇主们车水，他愤愤地不和梅春姐搭话。医生却要跑到镇上去才能请得来的。在早年，还有四公公、李六伯伯和关胡子们会一点不十分精明的乡下人的医道；然而，现在呢，这些老人都已经在过荒年时先后死了，村子里就连会写两三味药方的人都找不出。

梅春姐心慌意乱地走回来，在小油灯下望着那可怜的小脑袋，望着那微睁而少光的星星般的小眼睛。她尽量地忍住自己的酸泪，而不让它流出来。

好久好久了，香哥儿忽然吃力地盯着他的妈妈，低声地呼叫着：

"我痛哩！妈妈，你在哪里啦？爹爹又打我呢！"

"妈妈在这里！宝宝，妈妈在这里呢！爹爹不打你呢！"

"他打我啦！他不打弟弟！妈妈，他为什么单单打我呢？"

妈妈的眼泪已经很难再忍了。一阵刺心的疼痛、悲愤与辛酸，使她不能自制地失声地说出她的哀情了。

"宝宝，香哥儿！我的肉啊！他不是你的爹爹呢！"

香哥儿的眼睛渐渐地痴呆了起来，额角间冒着两滴冰凉的汗珠子。一忽儿，他的全身又火热着。

"我，我的……爹爹呢？"

妈妈哑着嗓音靠到他的身边。

"宝宝是没有爹爹的！宝宝的爹爹——"

香哥儿的身子突然震动一下，他没有来得及等妈妈说出他爹爹的去处，就又合上他的眼睛了。他仍然哼着，但那声音却几乎同蚊子一般地逐渐低微起来。

"妈呀！我……要……呢……我……的……爹……爹……啦！"

妈妈的头，伏到了他那一冷一热的额角上，她大声地、吃惊地呼叫着。

"宝宝……怎么啦？香哥儿！"

两个小的却惊醒了，哇哇地叫着，梅春姐急忙将他们送到另一张空置的稻草床上，让他们自己高声地号哭着。

香哥儿的身子终于慢慢地由热而温，由温而冷，而变成了冰凉。他的一双星一般的小眼珠子由牢牢地闭着而又微睁着，但他却是永远地微睁着，而不再闭将下来了。

像从一个万丈深长的山涧上掉下来，像有无数根烧红了的钢针在她的心中穿钻着，梅春姐骤然失掉她的意识和灵魂了。她不知道哭，也不知道悲伤，呆立在那儿好久好久。那两个小的哭声几乎震翻了半边天地。

丈夫车水回来了。他老远地在黑暗中大呼着：

"你死了吗？你妈的！你让小孩子们哭死呢！"

她不作声，也不移动，仍然痴呆了般地站着。她什么都听不见，什么都看不见，一直到丈夫冲到她的面前时。

陈德隆的脸色突然惊悸起来！因为他望见了那小灯斜照着的床铺上的情形。一阵良心的谴责——一阵罪孽的自觉的不安和悔恨，使他惶惊起来。然而，他却仍然倔强而冷酷，仍然故意地狠心地冷笑了一声：

"死就死吧！狗东西！顶好统统死掉了，他妈的大家干净！"

梅春姐忽然由那过度的悲痛的昏沉中苏醒了来。当她感受到自己的一页心肝已经被人摘去了的时候，当她看清了眼前的事物和丈夫那仍然毫无感触的面容的时候，她便像一个僵硬了的死人般地倒向床铺去，双手抱着那冰凉了的小尸身打滚儿！

"天啦！我的心肝啦！我的肉啦！我苦命的儿啦！你死都不闭眼睛啦！"

三

一切的幻想、希望、计划，与六年来扶养孩儿长大的重沉的苦心，只在一刹那全都摧毁了——变成了一堆湖滨的坟上的泥土。

梅春姐整整哭了三日，不烧饭，不洗衣，不听邻人们的劝慰，也不管丈夫的凶残和孩子们的哭闹。到了第四天，她的眼泪也就非常干枯了，她的声音也就非常嘶哑了！

她渐渐地由悲哀而沉默，由沉默而又想起了她那六年前的模糊而似乎又是非常清晰的路途来！她慢慢地静思了好久好久！夜间，她等丈夫又去和人家车水的时候，用了一种很大的决心的努力，打好了一个小小的衣包，偷偷地让两个由憎恨丈夫而连及他们的身上来的小孩睡过之后，便轻轻地走出了家门。

她没有留恋，没有悲哀，而且还没有目的地走着。

夜，仍是六年前的、七年前的夜；荒原，仍旧是六年前的、七年前的荒原！只不过是村中少了些年轻人和老年人的生活，只不过是梅春姐变换了一回六年前、七年前的心情。

"我往哪里去呢？"在湖滨，她突然地停住了一下，把头微微地仰向上方。

北斗星拖着一条长长的尾巴，那两颗最大最大的星星上面长着一些睫毛。一个微红的、丰润的、带笑的面容,在那上方浮动!它的下面,还闪烁着两颗小的,也长着一些睫毛的星光,一个小的带笑的面容浮动并且还似乎在说:

"妈妈!你去吧!你放心吧!我已经找到我的爹爹啦!走吧!你向那东方走吧!那里明天就有太阳啦!"

梅春姐痛心地流着两行干枯的眼泪!她是在那里站了、望了好久好久,才又走开的。

在旷野,那老黄瓜——那永远也讨不到女人的欢心的独身汉的歌声,又飘扬起来钻进梅春姐的耳中了。但那完全丧失了他六年前、七年前的音调,听来就好像已经变成了一种饥饿与孤独的交织的哀号。

> 十七八岁的娇姐呀——没人瞅啦!
> 跪到情哥面前——磕响头!
> ……

1935 年 3 月初稿
1936 年 8 月增补,修正

小说篇

鱼

一

一种绝望的焦虑的情绪包围着梅立春。他把头抬起来，失神地仰望着芦棚的顶子，烛光映出几个肿胀的长短不齐的背影来，贴在斑密的芦苇壁的周围，摇摇不定。

"喂，吃呵！老梅……"

老梁，那一个烂眼睛的黄头发的家伙，被米酒烧得满面通红，笑眯眯地对他装成个碰杯的手势。

"唔……"老梅沉吟着，举起杯来喝上一口。心事就像一块无形的沉重的石头似的，压着他，使他窒息。伸筷子夹着一块圆滑的团鱼，这一打战，就落到地上的残破的芦苇中去了……

"我说……"老头子祥爹的小眼睛睁开了，直盯着老梅的脸膛，咳了一声，像教训他的神气，"立春，你真是太不开通了！生意并不是次次都得赚钱的，有时候也须看看时运，唔！时运……譬如说，你这一次小湖里的鱼……"

老梅勉强地咬着油腻的嘴唇，笑了一下，他想叫人家看不出他是为了盘小湖失败的那种焦灼的内心来，可是转眼他就变得更加难耐了。空洞的满是污泥的小湖的底，家中的老婆和孩子们，瞎了眼睛的寡嫂和孤苦的侄儿，都像在那前面的芦苇壁中伸出了嘴来欲将他吞没……而后面呢？恰巧是债主兼老板的黄六少爷的拳头堵击着他，使他浑身都觉得疼痛而动摇起来了。

"不是吗？我也这么说过的！"王老五，那坐在左边的一个，摸着他那几根稀疏的胡须，不紧不慢地说，"并且，也许小湖还不至于……"

老梅明知道这都是替他宽心的话,于是他也自己哄自己似的,把"也许"那两个字拖进心中了。万一明天车干了小湖,鱼又多出来一些呢……

"好,管他妈妈的,碰杯吧!"他一下子站了起来,满满地斟上一大杯米酒,向那五六个临时请来车湖的邻居,巡敬一个圆圈,灌到肚中去。

二

带着八分醉意,肩起那九尺多长的干草叉,老梅弯着腰从芦苇栅子中钻出来了,他想沿湖去逡巡一遍,明天就要干湖了,偷鱼的人今晚上一定要下手了的。

十月的湖风,就有那么锐利地刺人的肤骨,老梅的面孔刮得红红的,起了一阵由酒的热力而衬出来的干燥的皱纹。他微微地呵了一口气,蹒跚地走向那新筑的湖堤。

驼背的残缺的月亮,很吃力地穿过那阵阵的云围,星星频频地夹着细微的眼睛。在湖堤的外面,大湖里的被寒风掀起的浪涛,直向漫无涯际的芦苇丛中打去,发出一种冷冰冰的清脆的呼啸来。湖堤内面,小湖的水已经快要车干了,干净无波地浸在灰暗的月光中,没有丝毫可以令人高兴的痕迹。虽然偶然也有一两下仿佛像鱼儿出水的声音,但那却还远在靠近大湖边的芦苇丛的深处呢。

老梅想叹一口气,但被一种生成的倔强的性格哽住了。他原来是不相信什么命运的人,不过近年他的确是被命运折磨了一点。使他的境况,一天比一天坏起来。三个孩子和老婆,本来已经够他累了的，何况去年哥哥死时还遗下一个瞎子嫂嫂和十岁的侄儿呢？种田，没饭吃；做船夫，没饭吃；现在费很大的利息借一笔钱来盘湖，又得到一个这样的结果！要不是他还保持着那种生成的倔强的性格啊……

米酒的力量渐渐地涌了上来，他的视线开始有点蒙眬了。踏着薄霜的堤岸，摇摇摆摆地，无意识地望了一望那两三里路外的溶浴在月光下面的家和寡嫂的茅屋，便又一脚高一脚低地走向那有水声的芦苇跟前了。

"是谁呢，那水声？"他觉得这芦苇中的声响奇怪，就用力捏了一捏手中的干草叉，大声地叫起来了，"哪一个在水中呀？"

寂静……一种初冬的午夜的特殊的寂静。

他走向前一步，静心等了一会儿，又听见了一个奇特的水声。

"妈的！让我下水……"话还刚刚说出一半，就像有一群出巢的水鸭似的，六七个拖着鱼篮的人，从芦苇丛中钻出来了，不顾性命地爬上湖堤，向四方奔跑着。

老梅的眼睛里乱迸着火星！他举起干草叉来追到前面，使力地掀翻了一个长个儿，再追上去，又把一个矮子压倒了，篮子满满的鱼儿，仍旧跳到了小湖中。

酒意像被泼了一盆冷水似的全消了。老梅大声地把伙伴们都叫了拢来，用两根草绳子缚着俘虏，推到芦苇棚中仔细看，五六个人都不由得失声哈哈大笑起来。

三

当天上的朝霞扫尽了疏散的晨星的时候，当枯草上的薄霜快要溶解成露珠的时候，当老梅正同伙伴们踏上了水车的时候，在那遥远的一条迂曲的小路上,有一个驼背的穿长袍戴眼镜的人,带着一个跟随的小伙子,直向这湖岸的芦苇前跑来。

老头子祥爹坐在车上,揩了一揩细小的眼睛,用手遮着额角,向那来人的方向打望了一会儿,就正声地教训似的对老梅说:

"你不要响,立春!让我来……"他不自觉地装了一个鬼脸,又回头来对烂眼睛的老梁说,"你要是笑,黄头发,我敲破你的头!"

老梁同另外三个后生都用破布巾塞着嘴。王老五老是那么闲散地摸着他那几根稀疏的胡须,一心一意地盯着那彩霞的天际。

驼背的穿长袍戴眼镜的人走近了。

"你早呀!黄六少爷!"

"唔,早呀!祥爹。"

互相不自然地笑了一笑。一种难堪的沉默的环境,沉重地胁迫着黄六少爷的跳动的心。他勉强地颤动着嘴唇问道:

"祥爹……看……看没看见我家的长工和侄儿呢?"

"唔……没……没有看见呀!这样早,你侄少爷恐怕还躺在被窝里吧。"接着又抛过来一个意味深长的讽刺的微笑,不紧不慢地,"长工,那一定是放牛去啰……"

"不,昨夜没有回家!"

"打牌去了……"

"不,还提了鱼篮子的!"黄六少爷渐渐地感到有些尴尬而为难了。

"啊……"祥爹满不在意地停了一停水车的踏板,"这样冷的天气,侄少爷还要摸鱼吗?唉!到底是有钱人家,这样勤俭……难怪我们该穷……"

黄六少爷的面孔慢慢地红起来，红到耳根，红到颈子……头上冒着轻盈的热气。

"热吗？黄六少爷！十月小阳春呀！"话一句一句地，像坚硬的石子一般向黄六少爷打来，他的面孔由红而紫，由紫而白。忽然间，一种固有的自尊心，把他激怒起来了：

"老东西！还要放屁吗？不要再装聋作哑了，你若不把我的人交出来……"

"哎呀！六少爷，你老人家怎么啦！寻我们光蛋人开心吗？我们有什么事情得罪你老人家吗？问我们要什么人呀……"

"好！你们不交出来吗？我看你们这些狗东西的！"黄六少爷气冲冲地准备抽身就走。老梅本已经按捺不住了的，这一下他就像一把断了弦的弓似的弹起来，跳到水车下面：

"来！"

像一道符命似的把黄六少爷招转了。

"六蜈蚣，我的孙子！我告诉你，你只管去叫人来，老子不怕！你家的两个贼都是老子抓起的！来吧，你妈妈的！你越发财就越做贼，我操你的祖宗！"

"哈哈……"老梁抽出了口中的手巾来大笑着。

"哈哈……"王老五摸着他那几根稀疏的胡须大笑着。

只有老头子祥爹低下了头，一声不响地皱着眉额，慢慢地，才一字一板地打断着大家的笑声：

"为什么要这样呢？你们……唉！不好的！我，我原想奚落他一场，就把人交给他的，多一事不如少一事。得罪那蜈蚣精。唉！你们这些年轻的小伙子……"

"什么呢？祥爹，你还不知道吗？小湖的鱼已经有救了。骂他，也是要害我的；不骂他，也是要害我的……"老梅怒气不消地说。

"那么，依你的打算呢……"

"唔……不好的！"老头子只管摇着头，回转头来对水车上的人们说，"停一会儿再车吧！来，我们到棚子里去商量一下……"

太阳从辽远的芦苇丛中涌上来，离地面已经有一丈多高了。六七人，像一行小队似的，跟在老头子祥爹的背后，钻进了那座牢固的芦苇棚子中。

1935年4月

小说篇

湖　上

晚饭后，那个姓王的诨名叫作"老耗子"的同事，又用狡猾的方法，将我骗到了洞庭湖边。

他是一个非常乐天的、放荡的人物。虽然还不到四十岁，却已留着两撇细细的胡子了。他的眼睛老是眯眯地笑着的。他的眉毛上，长着一颗大的、亮晶晶的红痣。他那喜欢说谎的小嘴巴，被压在那宽大的诚实的鼻梁和细胡子之下，是显得非常的滑稽和不相称的。他一天到晚，总是向人家打趣着、谎骗着。尤其是逗弄着每一个比较诚实和规矩的同事出去受窘和上当，那是差不多成为他每天唯一的取乐的工作了。

他对我，也完全采取一种玩笑的态度。他从来没有叫过我的名字，而只叫"小虫子"，或者是"没有经过世故的娃娃"。

"喂！出去玩吧，小虫子，"一下办公厅，他常常这样向我叫道，"你为什么还在这里用功呢？你真是一个没有经过世故的娃娃呀！来，走吧，'人生不满百，常怀千年忧'，你大概又在这里努力你的万里前程了吧，你要知道——世界上是没有一千岁的人的呀！何不及时行行乐呢！小虫子！今朝有酒今朝醉啦……"于是他接着唱他那永远不成腔调的京戏，"叹人生……世间……名利牵！抛父母……别妻子……远离……故园！"

今天，他又用了同样的论调，强迫着将我的书抛掉了。并且还拉着我到湖上，他说是同去参观一个渔夫们的奇怪的结婚礼。

我明明知道他又在说谎了。但我毕竟还是跟他去了，因为我很想知道他到底要和我开一个怎样的玩笑。

黄昏的洞庭湖上的美丽，是很难用笔墨形容得出来的。尤其是在这秋尽冬初的时候，湖水差不多完全摆脱了夏季的混浊，澄清得成为一片碧绿了。轻软的光滑的波涛，连连地合拍地抱吻着沙岸，而接着发出一种失望的叹息似的低语声。太阳已经完全沉没到遥遥无际的水平线之下了。留存在天空中的，只是一些碎絮似的晚霞的裂片。红的、蓝的、紫玉色和金黑色的，这些彩色的光芒，反映到湖面上，就更使得那软滑的波涛美丽了。离开湖岸约半里路的蓼花洲，不时有一阵阵雪片似的芦花，随风向岸边飘忽着。远帆逐渐地归来了，它们一个个地掠过蓼花洲，而开始剪断着它们的帆索。

人在这里，是很可以忘却他自身的存在的。

我被老耗子拉着走着，我的心灵就仿佛生了翅膀似的，一下子活到那彩霞的天际里去了。我只顾贪婪地看着湖面，而完全忘记了那开玩笑的事情。当我们走近了一个比较干净的码头的时候，突然地，老耗子停住了。他用一只手遮着前额，静静地，安闲地，用他那眯眯的小眼睛，开始找寻着停泊在码头下的某一个船只。而这时候，天色渐渐地昏暗起来了，似乎很难以分辨出那些船上的人的面目。那统统是一些旧式的、灵活的小划船。约莫有二十来只吧。它们并排地停泊着，因为我看出来了那上面的某一种特殊的标志，我便突然地警觉过来了。

老耗子放下他的手来，对我歪着头，装了一个会心的、讽刺的微笑。出于过分的厌恶，我便下死劲地对他啐了一口：

"鬼东西呀，你为什么将我带到这地方来呢？"

他只耸了一耸肩，便强着我走下第一级码头基石，并且附到我的耳边低低地说：

"傻孩子，还早啦！人家的新娘子还没有进屋呢。"

"那么，到这里来又是找谁呢？"

"不作声……"他命令地说，并且又拖着我走下三四级基石。

我完全看出了他的诡计。我知道，在这时候，纵使要设法逃脱，也是不可能的、丢丑的事情了。他将我的手臂挟得牢牢的，就像预先知道了我一定要溜开的那样。天色完全昏暗下来了。黑色的大的魔口，张开着吞噬了一切。霞光也统统幻灭了，在那混沌的、模糊的天际，却又破绽出来了三四颗透亮的、绿眼睛似的星星。

我暗自地稳定了一下自己的心思，壮着胆子，跟着他走着。码头已经只剩六七级了，老耗子却仍然没有找着他的目的地，于是，他便不得不叫了起来：

"秀兰！喂！哪里啊！"

每一个小船上都有头伸出来了，并且立刻响来一阵杂乱、锐利而且亲热的回叫：

"客人！补衣吧？"

"格里啦——客人哩！"

"我们补得真好呢，客人！"

我的心跳起来了，一阵不能抑制的恶心和羞报，便开始像火一般地燃烧着我那"没有经过世故的"双颊。老耗子似乎变得更加镇静了，因为还没有听到秀兰的回答，他便继续地叫着：

"秀兰！喂！秀兰啦……"

"这里！王伯伯！"一个清脆的、细小的声音，在远远的角角上回应着。

一会儿，我们便掠过那些热烈的呼叫，摸着踏上一个摇摆得厉害的小划船了。这船上有一股新鲜的、没漆的气味。很小，很像一个莲子船儿改造的。老耗子蹲在舱口上，向那里面的一个孩子问道：

"妈妈呢，莲伢儿？"

"妈妈上去了！"

"上哪里去了呀？"

那孩子打了一个喷嚏，没有回答。老耗子便连忙钻了进去，很熟识地刮着火柴，寻着一盏有罩子的小桐油灯燃着了。在一颗黄豆般大的，一跳一跳的火光之下，照出来了一个长发的美丽的女孩子的面目。这孩子很小、很瘦，皮肤被湖风吹得略略带点黄褐色。但是她的脸相是端正的。她的嘴唇红得特别鲜艳，只要微微地笑一下，就有一对动人的酒靥，从她的两腮上现了出来。她的鼻子高高的、尖尖的。她的眉毛就像用水笔描画出来的那样清秀。但是我却没有注意到：她的那一对有着长睫毛的、大大的、带着暗蓝色的眼睛，是完全看不见一切的。她斜斜地躺在那铺着线毯和白被子的干净的舱板上，静静地倾听着我们的举动。

我马上对这孩子怀着一种同情的、惋惜的心情了。

"还有谁同来呀，王伯伯？"她带笑地羞怯地说。

"一个叔叔！你的妈妈到底哪里去了呢？"老耗子又问了。

"她说是找秋菊姑姑的……我不晓得……她去得蛮久了！"

老耗子摸着胡子，想了一想，于是对我笑道：

"你不会跑掉吗，小虫子？"

"我为什么要跑呢？"

"好的，跑的不是好角色。你在这里等一等，我去寻她来！但是，留意！你不要偷偷地溜掉呀！要是被别的船上拖去吃了'童子鸡'……那么，嘿嘿……"他马上又装出了一个滑稽的、唱戏似的姿势，"山人就不管了——啊！"

我非常肯定地回答了他,因为我看破了这条诡计也没有什么大不了的。而且那盲目的女孩子,又是那样可爱地引动了我的好奇心,我倒巴不得他快快地走上去,好让我有机会详细盘问一下这女孩子——关于他和她们往来的关系。

晚风渐渐地吹大了。船身簸动起来,就像小孩子睡摇篮那样地完全没有了把握。当老耗子上去之后,我便将那盏小桐油灯取下来放在舱板上,并且一面用背脊挡着风的来路,提防着将它拂灭了。

那女孩子打了一个翻身,将面庞仰向我,她似乎想对我说一句什么话,但是她只将嘴巴微微地颤了一下,现了一现那两个动人的酒靥,便又羞怯地停住了。她那蒙眬的大眼睛,睁开了好几次,长睫毛闪动着就像蝴蝶的翅膀似的,可是她终于只感到一种痛苦的失望,因为她无论如何也不能够看见我。

"你的妈妈常常上岸去吗?"我开始问她了。

"嗳!这鬼婆子!"莲伢儿应着,"她就像野猫一样哩,一点良心都没有的!嗳,叔叔,你贵姓呀?"

"我姓李。你十一岁吗?"

"不,十二岁啦!"她用小指头对我约着。但是她约错了,她伸出的指头,不是十二岁,而仍旧是十一岁。

"你一个人在船上不怕吗?"

"怕呀!我们这里常常有恶鬼!我真怕呢,叔叔!下面那只渡船上的贾胡子,就是一只恶鬼。他真不要脸!他常常不作声地摸到我们这里来。有一回他将我的一床被窝摸去了,唉,真不要脸!我打他,他也不作声的!还有,洋船棚子里的烂橘子,也是一只恶鬼。他常常做鬼叫来唬我!不过他有一支吹得蛮好听的小笛子,叔叔,你有小笛子吗?"

"有的。"我谎骗她说,"你欢喜小笛子吗?明天我给你带一支来好了。你的妈妈平常也不带你上去玩玩吗?"

"嗳嗳……她总是带别人上去的——没良心的家伙!"她抱怨地悲哀地叹了一口气,"我有眼睛,我就真不求她带了,像烂橘子一样的,跑呀,跑呀!嗳,叔叔,小笛子我不会吹呢?"

"我告诉你好啦!"

"告诉我?"她快活地现出了她那一对动人的酒靥,叫道,"你是一个好人,是吗?叔叔!我的妈妈真不好,她什么都不告诉我的。有一回,我叫她告诉我唱一个调子,她把我打了一顿。还有,王伯伯也不好,他也不告诉我。他还叫妈妈打我,不把饭给我吃……"

"王伯伯常常来吗?"我插入她的话中问道。

"唔!"她的小嘴巴翘起了,生气似的,"他常常来。他一来就拖妈妈上去吃酒。有时候也在船上吃!我的妈妈真丑死了,吃了酒就要哭的——哭得伤心伤意!王伯伯总是唱,他唱的我一句都不懂!他有时候就用拳脚打妈妈!只有那个李伯伯顶好啦!他既不打妈妈,还欢喜我!"

"李伯伯是谁呀?"

"一个老倌子,有蛮多胡子的。他也姓李,他是一个好人。还有,张伯伯也有胡子,也是一个好人。黄叔叔和陈叔叔都没有胡子。陈叔叔也喜欢我,他说话像小姑娘一样细……黄叔叔也顶喜欢打妈妈——打耳刮子!另外还有一些人,妈妈说他们是兵,会杀人的!我真怕哩!只有一个挑水的老倌子,妈妈可以打他,骂他!妈妈说他没钱——顶讨厌!嗳嗳,他买糖给我吃,他会笑。他喜欢!妈妈这样顶不好——只要钱,只吃酒。她的朋友顶少有一百个,这一个去,那一个又来……"

这孩子似乎说得非常兴奋了,很多话都从她的小嘴里不断地滚了出来,而且每一句都说得十分清楚、流利,尤其是对于她的母亲过去的那些人的记忆,比有眼睛的孩子还说得真确些。这不能不使我感到惊异。并且她的小脸上的表情,也有一种使人不能抗拒的、引诱的魔力。只要她飞一飞睫毛,现一现酒靥,就使人觉得格外地值得同情并显得可爱了。

我问她的眼睛是什么时候瞎的,她久久没有回答。一提到眼睛,这孩子的小脸上就苦痛起来了。并且立刻沉入到一种深思的境地,像在回想着她那完全记不清了的、怎样瞎眼睛的经过似的。半天了,她才愤愤地叹了口气说:

"都是妈妈不好!生出来三个月,就把我弄瞎啦!清光瞎呢……我叫她拿把小刀割我一只耳朵去,换只看得见的眼睛给我,她就不肯。她顶怕痛,这鬼婆子!我跟她说——嗳嗳,借只眼睛我看一天世界吧!她就打我——世界没有什么好看的,统统是恶鬼!"

一说到恶鬼,她的脸色,就又更加气愤起来。

"她骗我,叔叔。像贾胡子和烂橘子那样的恶鬼,我真不怕哩!"

湖上的风越吹越大了。浪涛气势汹汹地大声地号吼着,将小船抛击得就像打筋斗似的,几乎欲覆灭了。我的背脊原向着外面的,这时候便渐渐地感到了衣裳的单薄,而大大地打起寒战来。我只能把小灯移一移,把身子也缩到中舱里面去。我和这孩子相距只有一尺多远了。正当我要用一种别样的言辞去对她安慰和比喻世界是怎样一个东西的时候,突然地,从对面,从那码头的角角上,响来了老耗子那被逆风吹得发抖了的怪叫声:

"你跑了吗,小虫子?"

"我的妈妈回来了。"莲伢儿急忙地向我告诉道。

船身又经过一下剧烈的、不依浪涛的规则的颠簸之后，老耗子便拉着一个女的钻进来了。这是一个三十岁左右的长面孔的妇人。她的相貌大致和莲伢儿差不多，却没有莲伢儿秀气。也是小嘴巴，但是黑黑的、水汪汪的、妖冶的眼睛。皮肤比莲伢儿的还要黑一点，眉毛也显得粗一点，并且一只左耳朵是缺了的。老耗子首先打了一个大大的哈哈，然后便颇为得意地摸着胡子，向我介绍道：这就是他的情妇——莲伢儿的母亲——秀兰，且说：他们老早就预备了，欲将一个生得很好看的，名字叫作秋菊的小姑娘介绍给我。但是他们今天去找了一天，都没有找到——那孩子大概是到哪一个荒洲上去割芦苇了。

老耗子尽量把这事情说得非常正经、神秘，而且富有引诱力。甚至于说的时候，他自己笑都不笑一下。到末了，还由他的情妇用手势补充道：

"喽喽喽，叔叔！这伢儿这样高，这样长的辫子，这样大的眼睛……"

她将自己的眼睛妖媚地笑着，并且接着唱起一个最下流的、秽亵的小调来。

我的面孔，一直红到耳根了。我虽然事先也曾料到并且防到了他们这一着，但是毕竟还是"没有经过世故"的缘故，使他们终于开成一个大大的玩笑了（幸喜那个叫作秋菊的女孩子还没有被他们找到）。这时候，老耗子突然撕破了他那正经的面具，笑得打起滚来。那女人也笑了，并且一面笑，一面伏到老耗子的身上，尽量地做出了淫猥的举动。

我完全受不住了，假如是在岸上，我相信我一定要和老耗子打起来的。但是目前我不得不忍耐。我只用鼻子哼了一口气，拼命地越过他们的身子，钻到船头上了。

他们仍旧在笑着，当我再顺着风势跳到黑暗的码头上的时候，那声音还可以清晰地听得出来。只有那盲目的女孩子没有忘记她应该和我告别，就从舱口上抛出了一句遥遥的亲热的呼叫：

"叔叔！李……叔……叔……明天……来啊！小……笛……子……呀……"

我下意识地在大风中站了一下，本想回应那孩子一句的，但是一想到那一对家伙的可恶和又必须得避免那左右排列着的同样的小船的麻烦的时候，我便拔步向黑暗中飞逃了。

一连四天，我没有和老耗子说一句话，虽然他总是那样狡猾地抱歉似的向我微笑着，我却老板着面孔不理他。同事们也大都听到了这么一桩事，便一齐向我取笑着、打趣着。这，尤其是那些平日也上过老耗子的大当的人，他们好像又找到了一个新的变相报复的机会，而笑得特别起劲儿了。

"好啦！我以为只有我们上当呢！"

可是，我却毫不在意他们这样的嘲弄，我的心里，只是老放不下那个可怜的盲目的女孩子。直到第五天——星期日的上午，老耗子手里拿着一封信，又老着面皮来找我了。他说他的母亲病得很厉害，快要死了，要他赶快寄点钱去，准备后事，但是他自己的薪金早就支光了，不能够再多支，想向我借一点钱，凑凑数。

一年多的同事，我才第一次看到老耗子的忧郁的面相。他的小胡子低垂了，眉头皱起了，那颗大的红痣也不放亮了，宽阔的鼻子马上涨得通红了起来！

我一个钱也没有借给他。原因倒不是想报复他，而是真的没有钱，也不满意他平时的那种太放荡的举动。他走了，气愤地又去找另外一个有钱的同事。我料到他今天是一定没有闲心再去玩耍了的，于是我便突然地记起了那个盲目的女孩子，想趁这个机会溜到湖上去看看。

吃过午饭了，我买了一支口上有木塞的、容易吹得叫的小笛子，一个小铜鼓，一包花生、糖果和几个淮橘。并且急急地，贼一般地——因为怕老耗子和其他的同事看见——溜到了湖上。

事实证明我的预料没错——老耗子今天一天没有来。莲伢儿的妈妈吃过早饭就上岸去寻他了。

我将小笛子和糖果统统摆在舱板上，一样一样地拿着送到这孩子的小手中。她是怎样地狂喜啊！当她抓住小笛子的时候，我可以分明地看见，她的小脸几乎喜到了吃惊和发痴的状态。她的嘴唇抿笑着，并且立刻现出了那一对大大的、动人的酒靥来。她不知所措地将面庞仰向我，暗蓝色的无光的眼睛痛苦地睁动着。

"叔叔呀！这小笛子是你刚刚买来的吗？嗳嗳，我不晓得怎样吹哪！哎呀——"当她的另一只手摸着了我递给她的橘子和糖果的时候，她不觉失声地叫道，"这是什么呢？叔叔——嗳嗳，橘子呀……啊呀，还有——这不是花生吗？有壳壳的，这鬼家伙！还有——就是管子糖呀！嗳嗳，又是菱角糖！叔叔，你家里开糖铺子吗？你有钱吗？我妈妈说，糖铺子里的糖顶多啦，嗳嗳，糖铺子里也有小笛子买吗？"

她畏缩地羞怯地将小笛子送到了嘴边，但是不成，她拿倒了。当我好好地细心地给她纠正的时候，她突然飞红了脸，并且小心地害怕似的只用小气吹了一口：

"述——述——述！"

我蹲着剥橘子给她吃,并且教她用手指按动笛上的每一个小孔,这孩子是很聪明的,很快就学会了两三个音,并且高兴到连橘子都不愿吃了。

我回头望望湖面,太阳已经无力地懒洋洋地偏向西方去了。因为没有风,远帆就像无数块参差的墓碑似的,一动不动地在湖上竖立着。蓼花洲的芦苇,一小半已经被割得像老年的瘌痢头一样了。

我望着,活泼的心灵,仿佛又欲生翅膀了似的几乎把持不住了。

莲伢儿将笛子吹得像鸡雏似的叫着,呜溜呜溜地,发出一种单调的、细小的声音。她尽量地将小嘴颤动着,手指按着我教给她的那一些洞孔,但是终于因为不成调子,而不得不对我失望地叹息了起来:

"叔叔,我吹得真不好呢!嗳嗳,只有烂橘子吹得顶好啦!他吹起来就像画眉一样叫得好听,叔叔,你听见过画眉叫吗?秋菊姑姑拿来过一只画眉,真好听呀!她摸都不肯给我摸一摸,叔叔,画眉是像猫一样的吗?"

我对她解释道,画眉是一种鸟,并不像猫,而是像小鸡一样的一种飞禽,不过它比小鸡好看一点,毛羽光光的、黄黄的,有的还带一点其他的色彩。说到彩色,这孩子马上就感到茫然起来。

"叔叔,彩色是什么东西呢?"

"是一种混合的颜色——譬如红的、黄的、蓝的、绿的——是蛮好看的家伙……"

想想,她叹了一口气说:

"我一样都看不见呀,叔叔!我妈妈只晓得骗我!她说世界上什么好家伙都没有，只有恶鬼，只有黑漆……"

我又闭着眼睛对她解释着：世界上并不只是恶鬼，只是黑漆，也有好人和光明的。这不过是她的妈妈的看法不同罢了，因为人是可以把世界看成各种各样的。

"叔叔，你说什么呀？"她忽然茫然地叫道，"你是说你要睡了吧？听呀，我的妈妈回来了！她在哭哩！一定又是喝醉了酒，被王伯伯打了的，这鬼婆子！你听呀，叔叔。"

"那么，我走吧！"我慌忙地说。

"为什么呢？"

"我不喜欢你的妈妈。我怕她又和那天一样地笑我。"

"不会的，叔叔！等一等……"她用小手拖住我的衣服，"她喝醉了酒，什么人都不认得的，她不会到中舱里来。"

我依着这孩子的话，在艄后蹲着，一会儿，那个头发蓬松、面孔醉得通红的、带着伤痕和眼泪的莲伢儿的妈妈，便走上船来了。船身只略略地侧了一下，她便横身倒在船头上，并且开始放声地号哭了起来。

莲伢儿向我摇了一摇手，仿佛是叫我不要作声，只要听。

"……我的男人呀！你丢得我好苦啊！你当兵一去十多年——你连信都没得一个哪！我衣——衣没得穿哪！我饭——饭没得吃哪！我今朝接张家——明朝接李家哪！我没有遇到一个好人哪！天杀的老耗子没得良心哪——不把钱给我还打我哪……"

莲伢儿爬到后面来了，她轻声地向我说：

"叔叔，瓜瓢！"

我寻出了一个破瓜瓢来，给她递过去了。我望着她妈妈停了哭声，发狂似的舀了两瓢湖水喝着，并且立刻像倾倒食物似的呕吐起来。我闻着那被微风拂过来的酒腥气味,觉得很难受得住,而且也不应该再留在这儿了。我一站起身来,便刚好和那女人打了一个正正的照面。

她的眼睛突然吃惊地瞪大着,泛着燃烧得血红的火焰,牢牢地对着我。就仿佛一下子记起来了我过去跟她有着很深的仇恨似的,而开始大声地咒骂着:

"你这恶鬼!你不是黄和祥吗?你来呀——老娘不怕你!你打好了!老娘是洞庭里的麻雀——见过几个风浪的……老娘不怕你这鬼崽子!哈!你来呀!"

她趁势向中舱里钻,就像要来和我拼命似的。我可完全给唬住了!但是,莲伢儿却摸着抱住了她的腿子,并且向她怒骂着:

"你错了呀!鬼婆子!这是李叔叔呀!那天同王伯伯来的李叔叔呀!人都不认得哩,鬼婆子!"

"啊!李叔叔!"她迟疑了一会儿,就像梦一般地说道,"我晓得了!我晓得了!他不是黄和祥,他是一个好人!是了,他喜欢我,他是来和我交朋友的!小鬼崽,你不要拖住我呀!让我拿篙子,我们把船撑到蓼花洲去!"

我的身子像打摆子似的颤着!我趁着莲伢儿抱住了她的腿子,便用全力冲过中舱,跳到了码头上。

当我拼命地抛落了那个醉女人的错乱的疯狂似的哈哈,一口气跑到局子里的时候,那老耗子也正在那里醉得发疯了。他一面唱着《四郎探母》,一面用手脚舞蹈着,带着一种嘶哑的、像老牛叫似的声音:

"眼睁睁……高堂母……难得见到……儿的老娘哪!"

我尽力地屏住了呼吸,从老耗子的侧边溜过去了。为了这一天过分的无聊、悔懊和厌恶，我便连晚饭都不愿吃地横身倒在床上，暗暗地对自己咒骂了起来。

1936 年 10 月 2 日

小 说 篇

偷 莲

一

下午，太阳刚刚落土的时候，那个红鼻子的老长工和看牛的小伙子秋福，跑到小主人的房间里来了。

"怎么？汉少爷！"那个老长工低声地微微地笑着，摸着胡子，"守湖的事情……"

汉少爷放下手中的牙牌书，说："我去……我对爹爹说过了的……"

"真的吗？"秋福夹在中间问。

"真的！"

老长工将手从胡子上拖下来，又笑了一笑："那么，我们今晚不要到湖边去了啰……"

"是的，你去喝你的酒吧！"

小伙子秋福喜得手舞脚跳，今晚他还约了上村的小贵到芦苇丛中去烧野火的，不要他去守湖就恰巧合了他的心意。老长工呢，记起喝酒就几乎把嘴都笑扁了。他向小主人装了一个讽刺的滑稽的含着一种猥琐意思的手势，说了一声"要当心啊"，就走了。

"来！"汉少爷突然抛来一句。

秋福和老长工打了转。

"你们去对碾坊的长工们说，叫他们今晚无事不要到湖边来。除非……"他指着胸前挂着的那个放亮的叫吹子[1]："懂不懂啦？"

"懂！"老长工答应着。

---

[1] 叫吹子：一种可以吹响的器物。

二

月亮滑出了黯淡的云围。

被派去做侦探工作的桂姐儿和小菊,都在喘息着,流着细细的汗珠,跑回了。她们向见识高超的云生嫂报告:

"今夜……是,可以的!那个红鼻子老倌和小鬼子都不在了,长工们也就喝酒打牌去了……"

"那么,是谁守湖边呢?"

"是……"桂姐儿忸怩地说,"那个……从省里的洋学堂里回来的……"

云生嫂点点头,盯着桂姐儿,带着一种狡黠的意义深长的微笑。

桂姐儿的脸红了,她低着头,圆睁着那水汪汪淘气的眼睛,满心带怒地向云生嫂冲过来:"你笑什么呀?云嫂子!你,你……"

"不是笑你哟!我笑那个洋学堂回来的鬼啦!你去吧!告诉太生婶、桃秀、李老七姑娘……人越多越好,月亮中的时候,我们在叉湖口碰船!"

"唔!还要找她们……"桂姐儿拖着小菊的手,心中还是气愤不消地匆匆地向上村跑了去。

三

莲蓬,已快老迈了;低着头,干枯着脸,无可奈何地僵立在湖面,叹息它那悲哀的命运。荷叶大半都成了破扇形,勉强地支持着三五根枯骨子,迎风摇摆着。九月的冰凉的露水洒遍了湖滨。在远方，在那辽阔的无涯的芦苇丛里，不时有大块的小块的玩童们散放着的野火冒上来。

汉少爷轻轻地走近了湖岸，他坐在大划船上，仰望着高处，仰望着那不可及的星空而不作声。他的脑子里塞满了那淘气的猫一般的水汪汪的眼睛和那被太阳晒得微黑的还透露着一种可爱的处女红的面庞。他想起六月里在湖中失掉的那一次机会和今天白天在湖边游玩时所瞥到的那一个难忘的笑容。

"是的！她们一定要来的！"他对自己说，"不管她们人多人少，我都不吹叫子，我只要捉住那个水汪汪的……"

学校里的皇后的校花们哪有这儿的好呢？他想，那都是油头粉面，带着怪香怪气的，动不动就要你去服从她，报效她……而这里的，汗香，泥土香，天然的处女的红晕和水汪汪的眼睛！

他乐心了，他等着。露水慢慢地润湿了他的周身——他不管；湖风使他打了好几回寒战——他不管。他提了提精神，使出了一股在学校跑万米般的耐劲儿，目不转睛地遥望着那叉湖口的尖端。

月亮已经渐渐地升到中空了。

四

"你上前去！桂姐儿！"

"为什么单要我去呢？你……"桂姐儿生着气，把那只不到一丈长的摇篮似的莲子船横在湖口，用小桨儿使力地把水中的月光敲得粉碎。靠近她的人都可以看得出来——她的脸的的确确已经红到耳根了。

"不会害你的，痴子！"云生嫂把自己的莲子船摇上一步，两个人像鸭子似的靠紧了,"你去引他来,我们帮你……"

桂姐儿还是不依,虽然她明知大家不会让她吃亏,但她总不愿意。六月间在湖里乘凉的那次她还记得很清楚,那个人,那个洋学堂里的家伙,简直像一头畜生似的……

云生嫂和李老七姑娘们再三地劝了一会儿,宽心了一会儿,她才一声不响地摇起她那片小桨来。

她的头低得几乎着了船板了,心头一阵阵不安地频繁地跳动着。莲子船钻过那荷根荷叶时,在水底下就发出了一种轻轻的沙声的叫响来。她回头看一看:云生嫂们还老远地缓缓地落在她的后面,不时给她抛过来一些决心和勇气……

她把心儿横了一横,使力地划着她的小桨,船身就像箭一般地向岸南奔去……

五

汉少爷的眼睛几乎望穿了。当他看见了一只莲子船向他驶来的时候,当他认出来了是那个熟识的、细长的、苗条的身段的时候,当他醉心了那一个轻巧的、圆熟的、划船的姿势的时候,他就满心自得地驾着那个笨重的大划船,不顾性命地追了上来。

桂姐儿恨恨地咬着牙,有意要使他跟着她兜几个圈子,然后等快要接近了大伙儿的时候,她就故意地停了一停,撞在他的大划船边上!

汉少爷伸过手来拖她的船,她翻身一跳,就渡上他的大划船了!汉少爷迎面来拥她,胸前的叫吹子被打落到水中了!

两个人互相地扭着、扯着……

十多只埋伏好的莲子船像野鸭似的扑了过来，十多个女人跳上了大划船。

桂姐儿救起了，汉少爷抓住了！

"用带子绑好他！"

汉少爷想叫——一团很大的棉花塞到他的口里。

桂姐儿哭着！她吃了亏。她没命地在汉少爷的脸上抓了两下！汉少爷痛苦地瞪着眼，脸上流出几行血液来。

云生嫂指着他骂道：

"你这小黄蜂！你怕一辈子也没有吃过苦的，你妈的！你寻快活吗？"

"哈哈！请他在这里睡一睡夜凉床……"

又有谁在人丛中抛过来这么冷冰冰的一声耍笑。

六

月儿渐渐地偏了西。

十多只莲子船在湖中穿来穿去，十多把剪子一齐响动起来。

桂姐儿的心里还是气愤不平，她一边剪莲蓬子，一边揩眼泪。她的莲蓬比什么人都剪得少。

云生嫂安慰她道：

"不要紧，妹妹！你吃了亏大家都晓得的，等等我们每个人分给你一点……"

湖风起了，浪涛不规则地掠过荷叶荷根，把莲子船晃掀得起伏不停地摇晃着。

"快点啦！恐怕长工们要追来呢！"

"不,他们喝米酒要喝得醉乱的……"

每一个小船都装得满满的,每一个人心中都喜气洋洋的。

没有老头儿的高声的叫喊,没有凶恶的长工驾船来追捉!

在叉湖口再度碰船的时候,她们还低声地断续地唱了起来:

偷莲偷到……月三更啦,

家家户户睡沉沉。

有钱人不知道无钱人的苦,

无钱人却晓得有钱人的心!

紧摇桨,快撑篙,

守湖的人追来……逃不掉!

七

米酒把老长工的鼻子烧得更加红了。第二天,他从他那发了霉的狗窝似的稻草中,懒洋洋地爬起来的时候,太阳早已经下了墙了。

他用烂棉花揩了一揩眼睛,蹒跚地跑到了小主人的书房:

"汉少爷!汉少爷……"

书房里冲出一口秋晨特有的冷气来。接着他又满腹犹疑,自言自语道:

"真是稀奇事!真是……一定要被那班小妖精迷住的!"

他连忙跑到狗窝中去,把那个夜间被野火烧光了头发的小伙子叫起来:

"你这鬼崽子!你!你……妈妈的,快些……寻,寻汉少爷去!"

在湖中，一老一小，费了很大的力量，才把汉少爷的船拖了拢来。

汉少爷的脸肿得像判官，几条血痕凝成了紫黑色。他狠命地给了长工一个耳刮子！沙声地叫道：

"你……你们……都死了吗？妈妈的！"

老长工哭不得，笑不得。他在鼻子上使力地揩了一揩：

"少爷……你，你没有吹叫子啦！"

"妈妈的！"汉少爷的声音几乎沙得发哑了，"去，同我回去告诉爹爹去！为首的是云生婆子，他妈的！她还欠我们的租，欠我们的钱！不把她丈夫关三年不显老子的颜色！"

小伙子秋福死死地抱着他那被野火烧光了的头，圆睁着那满是脏污的眼睛，望着小主人发着抖。他怕那耳刮子又落到他的头上来。他想：

"这又是怎么回事呢？少爷……他妈的，绑一夜！"

1935 年 2 月 20 日

小 说 篇

丰 收

一

　　时间是快要到清明节了。天，下着雨，阴沉沉的，没有一点晴和的征兆。

　　云普叔坐在"曹氏家祠"的大门口，还穿着过冬天的那件破旧棉袍；身子微微颤动，像是耐不住这袭人的寒气。他抬头望了望天，嘴里不知道念了几句什么话，又低了下去。胡须上倒悬着一线一线的涎沫，迎风飘动，刚刚用手抹去，随即又流出了几线来。

　　"难道要再和去年一样吗？我的天哪！"

　　他低声地说了这么一句，便回头反望着坐在戏台下的妻子，很迟疑地说着：

　　"秋儿的娘呀！'惊蛰一过，棉裤脱落！'现在快清明了，还脱不下袍儿。这，莫非是又要和去年一样吗？"

　　云普婶没有回答，在忙着给怀中的四喜儿喂奶。

　　天气也真太使人着急了，立春后一连下了三十多天雨没有停过，人们都感受着深沉的恐怖。往常都是这样：春分奇冷，一定又是一个大水年岁。

　　"天啦！要是又一样……"

　　云普叔又掉头望着天，将手中的一根旱烟管，不住地在石阶上磕动。

　　"该不会吧！"

　　云普婶歇了半天工夫，随便地说着，脸还是朝着怀中的孩子。

　　"怎么不会呢？春分过了，还有这样的寒冷！庚午年、甲子年、丙寅年的春天，不都是有这样冷吗？况且，今年的天老爷是要大收人的！"

云普叔反对妻子那种随便的答复，好像今年的命运，已经早在这儿卜定了一般。关帝爷爷的灵签上曾明白地说过了：今年的人，一定是要死去六七成的！

烙印在云普叔脑海中的许多痛苦的印象，凑成了那些恐怖的因子。他记得：甲子年他吃过野菜拌山芋，一天只能捞到一顿。乙丑年刚刚好一点，丙寅年又喊吃树根。庚午辛未年他还年少，好像并不十分痛苦。只有去年，我的天呀！云普叔简直是不能去想啊！

去年，云普叔一家有八口人吃茶饭，今年就只剩了六个：除了云普婶外，大儿子立秋二十岁，这是云普叔的左右手！二儿子少普十四岁，也已经开始在田里给云普叔帮忙。女儿英英十岁，她能跟着妈妈打斗笠。最小的一个便是四喜儿，还在吃奶。云普爷爷和一个六岁的虎儿，是去年八月吃观音粉[1]吃死的。

这样一个热闹的家庭中，吃呆饭的人一个也没有，谁不说云普叔会发财呢？是的，云普叔原是应该发财的人，就因为运气太不好了，连年的兵灾水旱，才把他压得抬不起头来。不然，他也不会那么示弱于人哩！

去年，这可怕的去年啦！云普叔自己也如同活在梦境中一样。因为连年的兵灾水旱，他不得不拼命地加种了何八爷七亩田，希图有个转运。自己家里有人手，多种一亩田，就多一亩田的好处；除纳去何八爷的租谷以外，多少总还有几粒好捞的。能吃一两年饱饭，还怕弄不发财吗？主意打定后，云普叔就卖掉了自己仅有的一所屋

---

[1] 观音粉：一种白色的黏土。

子,来租何八爷的田种。

二月里,云普叔全家搬进这祠堂里来了,替祖宗打扫灵牌,春秋二祭还有一串钱的赏格。自家的屋子,也是由何八爷承受的。七亩田的租谷仍照旧规,三七开,云普叔能有三成好到手,便算很不错的。

起先,真使云普叔欢喜。虽然和儿子费了很多力气,然而禾苗很好,雨水也极调和,只要照拂得法,收获下来,便什么都不成问题了。

看看地,禾苗都发了根,涨了苞,很快地便标线[1]了,再刮两三日老南风,就可以看到黄金色的谷子摆在眼前。云普叔真是喜欢啊!这不是他日夜辛劳的代价吗?

他几乎欢喜得发跳起来,就在他将要发跳的第二天里,天老爷忽然翻了脸。蛋大的雨点由西南方直向这垄上扑来,只有半天工夫,池塘里的水便涨起来。云普叔立刻就感到有些不安似的,恐怕这好好的稻花,都要被雨点打落,而影响到收成。午后,雨渐渐地停住了,云普叔的心中,像放落一副千斤担子般地轻快。

半晚上,天上忽然黑得伸手看不见自己的拳头,四面的锣声,像雷一般地轰着,人声一片一片地喧嚷奔驰,风刮得呼呼地叫吼。云普叔知道又是外面发生了什么意外的事变,急急忙忙地叫起了立秋儿,由黑暗中向着锣声的响处飞跑。

路上,云普叔碰到了小二疤子,知道西水和南水一齐暴涨了三丈多,曹家垄四围的堤口,都危险得厉害,锣声是喊动大家去挡堤的。

---

[1] 标线:指的是稻谷的穗子从禾苞中冒出来。

云普叔吃了一惊，黑夜里陡涨几丈水，是四五十年来少见的怪事。他慌了神，锣声越响越厉害，他的脚步也越加乱了。天黑路滑，跌倒了又爬起来。最后是立秋扶着他跑的，还不到三步，就听到一声天崩地裂的震响，云普叔的脚像弹棉花絮一般战动起来。很快地，如万马奔驰般的浪涛向他们扑来了。立秋急急地背起云普叔返身就逃。刚回奔到自己的头门口，水已经流到了阶下。

新渡口的堤溃开了三十几丈宽的一个角，曹家垄满垸子的黄金都化成了水。

于是云普叔发了疯。半年辛辛苦苦的希望，一家生命的泉源，都在这刹那被水冲毁得干干净净了。他终天地狂呼着：

"天哪！我粒粒的黄金都化成了水！"

现在，云普叔又见到了这样稀奇的征兆，他怎么不心急呢？去年五月到现在，他还没有吃饱过一顿干饭。

六月初水就退了，垄上的饥民想联合出门去讨米，刚刚走到宁乡就被认作了乱党赶出境来，以后就半步大门都不许出。县城里据说领了三万洋钱的赈款，乡下没有看见发下一颗米花儿。何八爷从省里贩了七十担大豆子回垄济急，云普叔只借到五斗，价钱是六块三，月息四分五。家有八口人，后来连青草都吃光了，实在不能再挨下去，才跪在何八爷面前加借了三斗豆子。八月里华家堤掘出了观音粉，垄上的人都争先恐后地跑去挖来吃，云普叔带着立秋挖了两三担回来，吃不到两天，云普爷爷升天了，临走还带去了一个六岁的虎儿。

后来，垄上的饥民都走到死亡线上了，才由何八爷代替饥民向县太爷担保不会变乱党，再三地求了几张护照，分途逃出境来。云普叔一家被送到个热闹的城里，过了四个月的饥民生活，年底才回家来。这都是去年啦！苦，又有谁能知道呢？

这时候，垄上的人都靠着临时编些斗笠过活。下雨，一天每人能编十只斗笠，就可以捞到两顿稀饭钱。云普叔和立秋剖篾；少普、云普婶和英英日夜不停地赶着编。编呀，尽量地编呀！不编有什么办法呢？只要是有命挨到秋收。

春雨一连下了三十多天了，天气又寒冷得这么厉害，满垄上的人，都怀着一种同样恐怖的心境。

"天啦！今年难道又要和去年一样吗？"

二

天毕竟是晴和了，人们从蛰伏了三十多天的阴郁的屋子里爬出来。菜青色的脸膛，都挂上了欣欢的微笑。孩子们一伴一伴地跑来跑去，赤着脚在太阳底下踏着软泥儿耍着。

水全是那样满满的，无论池塘里、田中或是湖上。遍地都长满了嫩草，没有晒干的雨点挂在草叶上，像一颗一颗的小银珠。杨柳发芽了，在久雨初晴的春色中，这垄上，是一切都有了欣欣开展的气象。

人们立时开始喧嚷着，活跃着。展眼望去，田畦上时常有赤脚来往的人群，徘徊观望；三个五个一伙的，指指池塘又查查决口，谈这谈那，都准备着，计划着，应该如何动手做他们在这个时节里的功夫。

斗笠的销路突然地阻塞了，因为到处都天晴。男子们白天不能在家里剖篾，妇人和孩子的工作，也无形中松散下来，生活的紧箍咒，随即把这整个的农村牢牢地套住。努力地下田去工作吧，工作时原不能不吃饭啊！

整日祈祷着天晴的云普叔，他的目的总算是达到了。然而微笑是很吝啬地只在他的脸上轻轻地拂了一下，便随着紧蹙的眉尖消逝了。棉袍还是不能脱下，太阳晒在他的身上，只有那么一点辣辣的难熬，他没有放在心上。他只是担心着，怎样才能够渡过这紧急的难关——饱饱地捞两餐白米饭吃了，补补精神，好到田中去。

斗笠的销路没有了，眼前的稀饭就起了巨大的恐慌，于是云普叔更加焦急。他知道他的命苦，生下来就没有过过一时舒服的生涯。今年五十岁了，苦头总算吃过不少，好的日子却还没有看见过。算八字的先生都说：他的老晚景很好，然而那是五十五岁以后的事情，他总不能十分相信。两个儿子又都不懂事，处在这样大劫数的年头，要独立支持这么一家六口，那是如何困难的事情啊！

"总得想个办法啦！"

云普叔从来没有自馁过，每每到了这样的难关，他就把这句话不住地在自己的脑际里打磨旋，有时竟能想到一些很好的办法。今天，他知道这个难关更紧了，于是又把这句话儿运用到脑里去旋转。

"何八爷、李三爷、陈老爷……"

他一步一步地在戏台下踱来踱去，这些人的影子，一个个地浮上他的脑中。然而那都是一些极难看的面孔，每一个都会使他感受到异样的不安和恐惧。他只好摇头叹气地把这些人统统丢开，将念头转向另一方面去。猛然地，他却想到了一个例外的人：

"立秋，你现在就跑到玉五叔家中去看看好吗？"

"去做什么呢，爹？"

立秋坐在门槛边剖篾，漫无意识地反问他。

"明天的日脚很好啦！人家都准备下田了，我们也应当跟着动手。头天做功夫，总得饱饱吃一餐，兆头来能好一些，做起功夫来也比较起劲儿。家里现在已经没有米了，所以……"

"我看玉五叔也不见得有办法吧！"

"那么，你去看看也不要紧的喽！"

"这又何必空跑一趟呢？我看他们的情形，也并不见得比我们要好！"

"你总欢喜和老子对来！你能知道他们和我们一样吗？我是叫你去一趟呀！"

"这是实在的事实啊！爹，他们恐怕比我们还要困难哩！"

"废话！"

近来云普叔常常会觉得自己的儿子变差了，什么事情都欢喜和他抬杠。为了家中的一些琐事，不知道发生过多少次龃龉。儿子总是那样懒懒地不肯做事，有时候简直是个忤逆不孝的东西！

玉五叔的家中并不见得会和自己一般地没有办法。因为除了玉五婶以外，玉五叔的家中没有第三个要吃闲饭的人。去年全垄上的灾民都出去逃难了，玉五叔就没有同去，独自不动地支持了一家两口的生存。而且，也从来没有看见他向人家借贷过。大前天在渡口上曹炳生肉铺门前，还看见了他提着一只篮子，买了一点酒肉，摇头晃脑地过身。他怎么会没有办法呢？

于是云普叔知道了，这一定又是儿子发了懒筋，不肯听信自己的吩咐，不由得心头冒出火来：

"你到底去不去呢？狗养的东西，你总喜欢和老子对来！"

"去也是没有办法啦！"

"老子要你去你就去，不许你说这些废话，狗入的！"

立秋抬起头来，将篾刀轻轻放下，年轻人的一颗心里蕴藏着深沉的隐痛。他不忍多看父亲焦急的面容，回转身子来就走。

"你说：我爹爹叫我来的，多少请玉五叔帮点忙，过了这一个难关之后，随即就给五叔送还来。"

"唔……"

月亮刚从树丫里钻出了半边面孔来，一霎儿又被乌云吞没。没有一颗星，四围黑得像一块漆板。

"玉五叔怎样回答你的呢？"

"他没有说多的话。他只说：请你致意你的爹爹，真是对不住得很，昨天我们还是吃的老南瓜。今天，喽！就只有这一点点稀饭了！"

"你没有说过我不久就还他吗？"

"说过了的，他还把他的米桶给我看了。空空的！"

"那么，他的女人哩？"

"没有说话，笑着。"

"妈妈的！"云普叔在小桌子上用力地击了拳，随即愤愤地说道，"大前天我还看见他买肉吃，妈妈的！今天就说没有米了，鬼才相信他！"

大家都没有声息。云普婶也围了过来，孩子们都竖着耳朵，听爹爹和哥哥说话。偌大的一所祠堂中，连一颗豆大的灯光都没有。黑暗把大家的心绪，胁迫得一阵阵地往下沉落……

"那么明天下田又怎么办呢？"

云普婶也非常担心地问。

"妈妈的，只有大家都饿死！这杂种出外跑了这么大半天，连一颗米花儿都弄不到。"

"叫我又怎么办呢，爹？"

"死！狗入的东西！"

云普叔狠狠地骂了这句之后，心中立刻就后悔起来："死！"啊，认真地要儿子死了又有什么办法呢？心中只感到一阵阵酸楚，扑簌簌地不觉掉下两颗老泪！

"妈妈的！"

他顺手摸着了旱烟管儿，返身朝外就走。

"到哪儿去呢，老头子？"

"妈妈的！不出去明天吃土！"

大家用了沉痛的眼光，注视着云普叔的背影，渐渐被黑暗吞蚀。孩子们渐次地和睡魔接吻了，在后房中像猪狗一般地横七竖八地倒着。堂屋中只剩了云普婶和立秋，在严厉的恐怖中，张大那失去了神光的眼睛，期待着云普叔的好消息回来。心上的弦，已经重重地扣紧了。

深夜，云普叔带着哭丧的脸色跑回来，从背上卸下来一个小小的包袱：

"妈妈的，这是三块六角钱的蚕豆！"

六条视线，一齐投射在这小小的包袱上，发出了几许饥饿的光芒！云普叔的眶儿里，还饱藏着一包满满的眼泪。

三

在田角的决口边，立秋举着无力的锄头，懒洋洋地挥动。田中过多的水，随着锄头的起落，渐渐地由决口溢入池塘。他浑身都觉得酥软，手腕也那样没有力量，往常的勇气，现在不知跑到哪里去了。

一切都渺茫哟！他怅望着原野。他觉得：现在已经不全是要下死力做功夫的时候了，谁也没有方法能够保证这种工作，会有良好的效果。历年的天灾人祸，把这年轻人的心房刺痛得深深的。眼前的一切，太使他感到渺茫了，而他又没有方法能把自己的生活改造，或是跳出这个不幸的圈围。

他拖着锄头，迈步移过了第三条决口，过去的事件，像潮水般地涌上他的心头。每一锄头的落地，都像是打在自己的心上。父亲老了，弟弟和妹妹还是那么年轻。这四五年来，家中的末路，已经成了如何也不可避免的事实。而出路还是那样的迷茫，他不知道要用什么方法，才可以开拓出这条迷茫的出路。

无意识地，他又想起不久以前上屋癞大哥对他鬼鬼祟祟说的那些话来，现在如果细细地把它回味，真有一些说不出来的道理：在这个年头，不靠自己，还有什么人好靠的呢？什么人都是穷人的对头，自己不起来干一下子，一辈子也别想出头。而且癞大哥还肯定地说过：不久的世界，一定是我们穷人的！

这样，又使立秋回想到四年前农民会当权的盛况：

"要是再有那样的世界来哟！"

他微笑了。突然有一条人影从他的身边掠过，使他吃了一惊！回头来看，正是他所系念的上屋癞老大。

"喂！大哥，到哪里去呢？"

"呵！立秋，你们今天也下了田吗？"

"是的，大哥！来，我们谈谈。"

立秋将锄头停住。

"你爹爹呢？"

"在那边挑草皮子，还有少普。"

"你们这几天怎样过门的呀？"

"还不是苦，今天家里已经没有人编斗笠，我们三个都下田了。昨晚，爹爹跑到何八那里求借了一斗豆子回来，才算是把今天下田的一餐弄饱了，要不然……"

"还好还好！何八的豆子还肯借给你们！"

"谁愿意去借他的东西！妈妈的，我爹爹不知道说了多少好话！磕了头！又加了价！唉！大哥，你们呢？"

"一样地不能过门啊！"

沉静了一刹那。癞大哥又恢复了他那种经常微笑的面容，向立秋点头了一下：

"晚上我们再谈吧，立秋！"

"好的。"

癞大哥匆匆走后，立秋的锄头，仍旧不住地在田边挥动，一条决口又一条决口。太阳高高地悬在当空，像是告诉着人们已经到了正午。大半年来不曾听见过的歌声，又悠扬地交响着。人们都拖着疲倦的身子回来，极少有人家的屋顶上，能有缕缕的炊烟冒出。

云普叔浑身都发痛了，虽然昨天只挑了二三十担草皮子。肩和两腿的骨髓中间，像着了无数的针刺，几乎终夜都不能安眠。天亮爬起来，走路还是一阵阵地酸软。然而，他还是镇静着，尽量地在装着没事的样子，生怕儿子们看见了气馁！

"到底老了啊！"他暗自地伤心着。

立秋从里面捧出两碗仅有的豆子来摆在桌子上，香气把云普叔的口水都馋得欲流出来。三个人平均分配，一个只吃了上半碗，味道却比平常的好吃很多。半碗，究竟不知道塞在肚皮里的哪一个角角儿。

勉强跑到田中去挣扎了一会儿，浑身就像驮着千斤闸一般地不能动弹。连一柄锄头、一张耙，都提不起来了，眼睛时时欲发昏，世界也像要天旋地转了一样。兜了三个圈子，终于被肚子驱逐回来。

"这样子下去，怎么得了呢？"

孩子和大人都集在一块，大大小小的眼睛里通通冒出血红的火焰来。互相地张望了一会儿，都觉得没有什么好说的话。

"天哪！"

云普叔咬紧牙关，鼓起了最后的勇气来，又向何八爷的庄上走去。路上，他想定了这一次见了八爷应当怎样向他开口，步步地打算得妥帖了，然后走进那座庄门。

"你到底有什么事情呢，云普？"

八爷坐在太师椅上问。

"我，我，我……"

"什么？"

"我想再向八爷……"

"豆子吗？那不能再借给你了！垄上这么多人口，我单养你一家！"

"我可以加利还八爷！"

"谁稀罕你的利，人家就没有利吗？那不能行呀！"

"八爷！你老人家总得救救我，我们一家大小已经……"

"去，去！我哪里管得了你这许多！去吧！"

"八爷，救救我……"

云普叔急得哭出声来了。八爷的长工跑出来，把他推到大门外。

"号丧！你这老鬼！"

长工恶狠狠地骂了一句，随即把大门掩上了。

云普叔一步挨一步地走回来，自怨自艾地嘟囔着：为什么不遵照预先想定的那些话，句句地去说出来，以致把事情弄得没有一点结果。目前的难关，还有什么方法能够渡过呢？

走到四方塘的口上，他突然地站住了脚，望了望这油绿色的池塘。要不是丢不下这大大小小的一群，他真想就这么跳下去，了却他这条残余的生命！

云普婶和孩子们倚立在祠堂的门口，盼望着云普叔的好消息。饥饿燃烧着每个人的内心，像一片狂阔的火焰。眼睛红得发了昏，巴巴地，还望不见带着喜信回来的云普叔。

天哪！假如这个时候有一位能够给他们吃一顿饱饭的仙人！

镜清秃子带了一个满面胡须的人走进屋来，云普叔的心中，就像有千万把利刀在那儿穿钻。手脚不住地发抖，眼泪一串一串地滚下来。让进了堂屋，随便地拿了一条板凳给他们坐下，自己在另外一边站着。云普婶还躲在里面没有起来，眼睛早已哭得红肿了。孩子们，小的两个都躺着不能爬起来，脸上黄瘦得同枯萎了的菜叶一样。

立秋靠着门边，少普站在哥哥的后面，眼睛都湿润润的。他们失神地望了望这满面胡须的人，随即又把头转向另一方面去。

沉寂了一会儿，那胡子像耐不住似的：

"镜清，那孩子现在在哪里呢？"

"还在里面啊！十岁，名叫英英姐。"秃子点点头，像叫他不要性急。

云普婶从里面踱出来，脚有一千斤重，手中拿着一身补好了的小衣裤，战栗得失掉了主持。一眼看见秃子，刚刚喊出一声"镜清伯"，便"哇"的一声，迸出了两行如雨的眼泪来，再说不出一句话了。云普叔用袖子偷偷地扪着脸。立秋和少普也垂头呜咽地饮泣着！

秃子慌张了，急急地瞧了那胡子一眼，回头对云普婶安慰似的说：

"嫂嫂！你何必要这样伤心呢？英英同这位夏老爷去了，还不比在家里好吗！吃的穿的，说不定还能落得一个好主子，享福一生。桂生家的菊儿，林道三家的桃秀，不都是好好地去了吗？并且，夏老爷……"

"伯伯！我，我现在是不能卖了她的！去年我们讨米到湖北，那样吃苦都没有肯卖。今年我更加不能卖了，她，我的英儿，我的肉！"

"哦！"

夏胡子盯了秃子一眼。

"云普！怎么？变了卦吗？昨晚还说得好好的。"秃子急急地追问云普叔。话还没有说完，云普婶连哭带骂地向云普叔扑来了：

"老鬼！都是你不好！养不活儿女，做什么鸡巴人！没有饭吃了来设法卖我的女儿！你自己不死！老鬼，来！大家拼死了落得一个干净！想卖我女儿万万不能！"

"妈妈的！你昨晚不也说过了吗？又不是我一个人做主的。秃子，你看她泼不泼！"云普叔连忙退了几步，脸上满糊着眼泪。

"走吧！镜清。"

夏胡子不耐烦似的起身说。秃子连忙把他拦住了：

"等一等吧，过一会儿她就会想清楚的。来！云普，我和你到外面去说几句话。"

秃子把云普叔拉走了。云普婶还是呜呜地哭闹着。立秋走上来扶住了她，坐在一条短凳子上。他知道，这场悲剧构成的原因并不简单，家人足足有三天没有吃东西了。斗笠没有人要，田中的耕种又不能荒芜。所以昨晚镜清秃子来游说的时候，他并没有表示如何激烈的反对。虽然他伤心妹子，不愿意将妹子卖给人家，可是，除此以外，再没有方法能够解救目前的危急。他在沉痛的矛盾心理中，憧憬终夜，他不忍多看一眼那快要被卖掉的妹子，天还没有亮，他就爬起来。现在，母亲既然这样伤心，他还有什么心肝敢说要把妹子卖掉呢？

"妈妈，算了吧！让他们走好了。"

云普婶没有回答。秃子和云普叔也从头门口走进来，大家又沉默了一会儿。

"嫂嫂！到底怎么办呢？"秃子说。

"镜清伯伯呀！我的英英去了她还能回来吗？"

"可以的，假如主子近的话。并且，你们还可以常常去看她！"

"远呢？"

"不会的哟！嫂嫂。"

"都是这老鬼不好，他不早死！"

英英抱着四喜儿从里面跑出来了，很惊疑地接触了这个奇异的环境！随手将四喜儿交给了妈妈，瞪着一双圆溜溜的眼睛向四围张望。

大家又是一阵心痛，除了镜清秃子和夏胡子以外。

"就是她吗？"夏胡子被秃子绊了一下，望着英英说。

几番谈判的结果，夏胡子一岁只肯出两块钱。英英是十岁，二十块。另外双方各给秃子一块钱的介绍费。

"啊啊！这是一个什么世界哟！"

十九块雪白的光洋，落到云普叔的手上，他惊骇得同一只木头鸡一样，用袖子尽力地把眼泪擦干，仔细地将洋钱看了一会儿。

"天啊！这洋钱就是我的宝宝英英吗？"

云普婶把挂好了的一套衣裤给英英换上，告诉她是到夏伯伯家中去吃几天饭就转来，然而英英的眼泪究竟没有方法止住。

"妈妈，我明天就可以回来吗？我不要一个人吃饱饭啊！"

大家都目不转睛地噙着泪水对英英注视着。再多看一两眼吧，这是最后的相见啊！

秃子把英英带走，云普婶真的发了疯，几回都想追上去。远远地还听到英英回头叫了两声：

"妈妈呀！我不要一个人吃饱饭！"

"我明天就要转来的呀！"

……

生活暂时地维持下来了，十九块钱，只能买到两担多一点谷，五个人，可够六七十天的吃用。新的出路，还是欲靠父子们自己努力地开拓出来。

清明跑种期只差三天了，垄上都没有一家人家有种谷，何八爷特为这件事亲自到县库里去找太爷商量。不及时下种，秋季便没有收成。

大家都伫望着何八爷的好消息，不过这是不会失望的，因为年年都借到了。县太爷自己也明白："官出于民，民出于土！"种子不设法，一年到了头大家都捞不着好处的。所以何八爷一说就很快地答应下来。发一千担种谷给曹家垄，由何八爷总管。

"妈妈的，种谷十一块钱一担，还要四分利，这完全是何八这狗杂种的盘剥！"

每个人都是这样地愤骂,每个人都在何八爷庄上挑出谷子来。

生活和工作,加紧地向这农村中捶击起来。人们都在拼命地挣扎,因为他们已将一切的希望,完全寄托在这伟大的秋收上了。

四

插好田,刚刚扯好二头草,天老爷又要和穷人们作对。一连十多天不见一点毛毛雨,太阳悬在空中,像一团烈火一样。田里没有水了,仅仅只泥土有些湿润的。

卖了女儿,借了种谷,好容易才把田插好,云普叔这时候已经忙碌得透不过气来,肥料还没有着落,天又不肯下雨了,实在急人!假如真的要闹天干的话,还得及早准备一下哩!

他吩咐立秋到戏台上把车叶子取下,修修好。再过三天没有雨,不车水是不可能的事啊!

人们心中都祈祷着:天老爷啊,请你老人家可怜我们降一点雨沫吧!

一天,两天,天老爷的心肠也真硬!人们的祈祷,他竟假装没有听见,仍旧是万里无云。火一样的太阳,将宇宙的存在都逗引得发了暴躁。什么东西,在这个时候,也都现出了由干热而枯萎的象征。田中的泥土干涸了,很多已经绽破了不可弥缝的裂痕,张开着,像一条一条的野兽的口,喷出来阵阵的热气。

实在没有方法再挨延了,张家垞、新渡口都有了水车的响声,禾苗垂头丧气地在向人们哀告它的苦况。很多的叶子已经卷了筒。去年大水留下来的苦头还没有吃了,今年谁还肯眼巴巴地望着它干死呢!就拼了性命也是要挣扎一下子的啊!

吃了早饭，云普叔亲自肩着长车，立秋扛了车架，少普提着几串车叶子，默默地向四方塘走来。太阳晒在背上，只感到一阵热热的刺痛，连地上的泥土，都烫得发了烧。

"妈妈的！怎么这样热。"

四面都是水车的声音，池塘里的水，尽量在用人工转运到田中去。云普叔的车子也安置好了。三个人一齐踏上，车轮转动着，水都由车箱子里爬出来，争先恐后地向田中飞跑。

汗从每个人的头顶一直流到脚跟。太阳眼看着移到了当顶，火一般地燎烧着大地。人们的口里，时常有缕缕的青烟冒出。脚下也渐渐地沉重了，水车踏板就像一块千斤重的岩石，拼性命都踏不下来。一阵阵的酸痛，由脚筋传布到全身，到脑顶。又像是有人拿着一把小刀子在那里割肉挖筋一般地难过，尤其是少普，在他那还没有发育得完全的身体中，更加感受着异样的苦痛。云普叔又何尝不是一样呢？衰老的几根脚骨头，本来踏上三五步就有些挨不起了的，然而，他不能气馁呀！老天爷叫他吃苦，死也得去！儿子们的勇气，完全欲靠他自己鼓起来。况且，今天还是头一次上紧，他怎么好自己首先叫苦呢？无论如何受罪，都得忍受下来哟！

"用劲儿呀，少普！"

他常常是这样提醒着小儿子，自己却咬紧牙关地用力踏下去。真是痛得忍不住了，才将那含蓄着很久了的眼泪流出来，和着汗珠儿一同滴下。

好容易云普婶的午饭送来了，父子们都从车上爬下来。

"天啊！你为什么偏偏要和我们穷人作对呢？"

云普叔抚摩着自己的腿子。少普哭丧脸地望着他的母亲：

"妈妈，我的这两条腿子已经没有用了呢！"

"不要紧的哟！现在多吃点饭，下午早些回来，憩息会儿，就会好的。"

少普也没有再作声，顺手拿起一只碗来盛饭吃。

连日的辛劳，云普叔和少普都弄得同跛脚人一样了。天还一样的狠心！一天功夫车下来的水，仅仅只够维持到一天禾苗的生命。立秋算是最能得力的人了，他没有感到过父亲和弟弟那般的苦痛。然而，他总是懒懒地不肯十分努力做功夫，好像车水种田，并不是他现在应做的事情一样。常常不在家，有什么事情要到处去寻找。因此使云普叔加倍地恼恨着："这是一个懒精！忤逆不孝的杂种！"

月亮从树尖上涌出来，在黑暗的世界中散布了一片银灰色的光亮。夜晚并没有白天那般炎热，田野中时常有微风吹动。外面很少有纳凉的闲人，除了妇人和几个孩子。

人们都趁着这个风清月白的夜晚来加紧他们的工作。四面水车的声音，杂和着动人的歌曲，很清晰地可以送入到人们的耳鼓中来。夏夜是太适宜于农人们的工作了，没有白昼的嚣张、炎热、喧扰……

云普叔又因为寻不着立秋，暴躁得像一头发了狂的蛮牛一样。吃晚饭时曾好好地嘱咐他过，今夜天气很好，一定要做做夜工，才许再跑到外面去。谁知一转眼就不看见人，真把云普叔的肚皮都气破了。近来常有一些人跑来对云普叔说：立秋这个孩子变坏了，不知道他天天跑出去，和癞老大他们这班人混在一起干些什么勾当。个个都劝他严厉地管束一下，以免弄出大事。云普叔听了，几回硬恨不得把门牙都咬碎下来。现在，他越想越暴躁，从上村叫到下村，连立秋的影子都没有看到。他回头吩咐少普先到水车上去等着他，假如寻不到的话，光老小两个也是要车几线水上田的。于是他重新把牙根咬紧，准备去和这不孝的东西拼拼老性命。

又兜了三四个大圈子还没有寻到，只好气愤地走回来。远远地，忽然听到自己的水车响了，急忙赶上去，车上坐的不正是立秋和少普吗？他愤恨得说不出一句话来，半晌，才下死劲地骂道：

"你这狗入的杂种！这会子到哪里收尸去了？"

"我不是好好地坐在这里车水吗！"立秋很庄严地回答着。

"妈妈的！"

云普叔用力地盯了他一眼，随即自己也爬上来，踏上了轮子。

月亮由树尖升到了树顶，渐渐地向西方泻落！田野中也慢慢地慢慢地沉静了下来。

东方已经浮上了鱼肚色的白云，几颗疏散的星儿，还在天空中挤眉弄眼地闪动。雄鸡啼过两次了，云普叔从黑暗里爬起来，望望还没有天亮，悠长地舒了一口冷气。日夜的辛劳，真使他有些感到支持不住了。周身的筋骨，常常在梦中隐隐地作痛。但他无论如何也不肯懈怠一刻工夫，或说几句关于疲劳痛痒的话。因为他怕给儿子们一个不好的印象。

生活鞭策着他劳动，他是丝毫不能怨尤的哟！现在他算是已经把握到一线新的希望了：他还可以希望秋天，秋天到了，便能实现他所梦想的世界！

现在，他不能不很早就爬起来啦。这还是夏天，距离秋天，距离那梦想的世界还远着哩！

孩子们正睡得同猪猡一样。年轻人在梦中总是那么甜蜜哟！他真是羡慕着。为了秋收，为了那个梦想的世界，虽然天还没有十分发亮，他不得不狠心地将儿子们统统叫起来：

"起来哟，立秋！"

"少普，少普！起来哟！"

"什么事情呀？爹！天还没有亮哩！"少普被叫醒了。

"天早已亮了，我们车水去！"

"刚刚才睡下，连身子都没有翻过来，就天亮了吗？唔！"

"立秋！立秋！"

"起来呀！"

"唔！"

"喂！起来呀！狗入的东西！"

最后云普叔是用手去拖着每个儿子的耳朵，才把他们拉起来的。

"见鬼了，四面全是黑漆漆的！"

立秋揉揉眼睛，才知道是天还没有光，心中老大不高兴。

"狗杂种！叫了半天才把你叫起来，你还不服气吧！妈妈的！"

"起来！起来！不知道黑夜里爬起来做些什么事？拼死了这条性命，也不过是替人家当个奴隶！"

"你这懒精！谁做人家的奴隶？"

"不是吗？打禾下来，看你能够落到手几粒劳什子？"

"鬼话！妈妈的，难道会有一批强盗来抢去你的吗？你这个咬烂鸡巴横嚼的杂种！你近来专在外面抛尸，家中的什么事情都不要管！只晓得发懒筋，你变了！狗东西！人家都说你专和癞老大他们在一起鬼混！你一定做了什么××党！"

云普叔气急了，恨不得立刻把儿子抓来咬他几口出气。声音愈骂愈大了，云普婶也被他惊醒来：

"半夜三更闹什么呀，老头子！儿子一天辛苦到晚，也应该让他们睡一睡！你看，外边还没有天亮哩！"

"都是你这老猪婆不好，养下这些淘气杂种来！"

"老鬼！你骂谁啊？"

"骂你这偏护懒精的猪婆子！"

"好！老鬼，你发了疯！你恶他们，你把他们一个一个都拿去杀掉好了，何必要这样地来把他们慢慢地磨死呢？要不然，把他们统统都卖掉，免得刺痛了你的眼睛。半夜里，天南地北地吵死！"

云普叔暴躁得发了疯，他觉得老婆近来更加无理地偏护着孩子，丝毫不顾及家中的生计：

"你这猪婆疯了！你要吃饭吗？你……"

"好！我是疯了！老鬼，你要吃饭，你可以卖女儿！现在你又可以卖儿子。你还我的英英来！老鬼，我的命也不要了！啊啊啊！"

"好泼的家伙，你妈妈的！"

"老王八！老贼！你自己没有能力就不要养儿女，养大了来给他们作孽。女的好卖了，男的也要逼死他们，将来只剩了你这老王八！我的英英！老贼，你找回来！啊啊啊！"

她连哭带骂地向着云普叔扑来，想起了英英，她恨不得把云普叔一口吞掉。

"妈妈的！英英，英英，又不是单为了我一个！"

云普叔连忙躲开她，想起英英来，眼泪也不由自主地掉下了。

"还我的英英，你这老鬼！啊啊！"

"啊啊啊！"

东方发白了。儿子木鸡一般地站着。听见爹爹妈妈提及了妹子，也陪着流下几阵酸痛的眼泪来。

天色又是一样的晴和。立秋偷偷地扯了少普一下，提起锄耙就走。云普叔也带着懊恼伤痛的面容，一步一拖地跟出了大门。

"啊啊啊！"

晨风在田野中掠过，油绿色的禾苗，掀起了层层的浪涛，人们都感到一阵清晨特有的凉意。

"今天车哪一方呢？"

"妈妈的，到华家堤去！"

五

"立秋！你的心不诚，不要你抬！"

"云普叔顶万民伞，小二疤子打锣！"

"吹唢呐的没有，王老大你的唢呐呢？"

"妈妈的！好像是哪一个人的事一样，大家都不肯出力，还差三个轿夫。"

"我来一个。高鼻子大爷！"

"我也来！"

"我也来一个！"

"好了，就是你们三个吧！大家都洗洗脸。小二疤子，着实洗干净些，菩萨见怪！"

"打锣！把唢呐吹起来！"

"打锣呀！小二疤子听见没有？婊子的儿子！"

"当！当！当！"

"呜咧啦！"

几十个人蜂拥着关帝爷爷，向田野中飞跑去了。

二十多天没有看见一点云影子，池塘里、河里的水都干透了，田中尽是几寸宽的裂口，禾叶大半已经卷了筒。这样再过三四天，便什么都完了。

关帝爷爷是三天前接来的。杀了一头牛，焚了斤半檀香，还是没有一点雨意。禾苗倒秧倒得更加多了。

所以，大家都觉得菩萨不肯发雨下来，一定是有什么缘故。几个主祭的首事集合起来商量了很久，求了无数支签，叩了千百个头，卦还是不能打顺。

"那么今年不完了吗？"

"高鼻子大爹，不要急！我们且把菩萨抬到外面去跑一路，看他老人家见了这个样子心中忍也不忍？"

"好的！也许菩萨还没有看见田中的情况吧！大前年天干，也是请菩萨到外面去兜了一个圈子才下雨的。云普，你去叫几个小伙子来！还有锣鼓唢呐！"

"啊！"

很快地，便把临时的队伍邀齐了。高鼻子大爹在前面领队，第二排是旗锣鼓伞，菩萨的绿呢大轿跟在后头。

从新渡口华家堤，一直弯到红庙，兜了四五个圈子回来，太阳仍旧是同烈火一样，烫得浑身发烧。地上简直热得不能落脚。四面八方都是火，人们是在火中颠扑！

雨一点还没有求下来，菩萨反被磨子湾抬去了。处处都忙着抬菩萨求雨哩！

"天老爷呀！一年大水一年干，究竟欲把我们怎么办呢？"

风色陡然变了，由东北方吹来呼呼地响着。没有星光也没有月亮，很多的人都站在屋外看天色。

"那方扯闪子哩！"

"东扯西合，有雨不落。"

"那是北方呀！"

"好了！南扯火门开，北扯有雨来！今夜该有点雨下吧，天哪！"

"总要求天老爷开恩啦！"

"还不是，我们又都没有做过恶人，天老爷难道真的要将我们饿死？"

"不见得吧！"

大家喧嚷一会儿之后，屋顶上已有了滴沥的声音，人们只感到一阵凉意。每一滴雨声，都像是打落在开放的心花上。

"这真是天老爷的恩典啦！"

横在人们心中的一块巨石，现在全被雨点溶化了。随即，便是暴风雨的降临！

雷跟在闪电的后面发脾气。

大雨只下了一日夜，田中的水又饱满起来。禾苗都得了救，卷了筒子的禾叶边开展了，像少女们解开了胸怀一样地迎风摆动。长，很迅速地在长，这正是禾苗飞长的时候啊！每个人都默祷着：再过二十来天不出乱子，就可以看到粒粒的黄金，那才算是到了手的东西哩。

雨只有西南方上下得特别久，那边的天是乌黑的。恐怖像大江的波浪，前头一个刚刚低落下去，后面的一个又涌上来。西南方上的雨下得太大了，又要担心水患。种田人真是一刻也不能安宁啊！

西水渐渐地向下流涌去，然而很慢。堤局只派了一些人在堤岸上逡巡。光是西水没有南水助势，大家都可不必把它放在心上。让它去高涨吧！

一天，两天，水总是涨着。渐渐地差不多已经平了堤面了，云普叔也跟着大家着急起来：

"怎么！光是西水也有这么大吗？"

人们都同样地嚷着：

"哎哟！大家还是来防备一下吧！千万不要又和去年一样呀！"

去年的苦痛告诉他们，水灾是要及早防备的哟！锣声又响了，一批一批的人都扛着锄头被絮，向堤边跑去！

"哪个家里有男人不出去来上堤的，他妈妈的拖出来打死！"云普叔忙得满头是汗地说，"连堂客们都不许躲着，妈妈的，今年要再和去年一样，一个也别想活！"

"大家都挡堤去呀！"

"当！当！当！"

夜晚，火把灯笼像长蛇一样地摆在堤上，白天里沿岸都是骚动的人群。团防局里的老爷们，骑着马，带着一群副爷往来地巡视着，他们负有维持治安的重大责任，尤恐这一群人中间，潜伏着有闹事的暴徒分子，这是不能不提防的。

"妈妈的，作威作福的贱狗吃了我们的粮没有事做，日夜打主意来害我们啊！一个个都安的……"

"我恨不得咬下这些狗入的几块肉！总有一天老子……"

多数被团防加害过的人，让他们走过之后，都咬牙切齿地暗骂着。很远了，立秋还跟在他们的后面装鬼脸。

水仍旧是往上涨，有些已经漂过了堤面。黄黄的水，是曾劫夺过人们的生命的，大家都对它怀着巨大的恐惧。眼睛里都有一把无名的烈火，向这洪水掷投。

"只要南水不再下来就好了！"

人们互相安慰着。锄头铲耙，还是不住地加工。

水停住了！

突然，有些地方在倒流，当有人把几处倒流的地方指出来的时候，人群中间，立刻开始了庞大的骚动。

"哪里倒流？"

"兰溪小河口吗？"

"该死！一个也活不成！"

"天啦！你老人家真正要把我们活活地弄死吗？"

"关帝爷爷呀！今年要再和去年一样……"

南水涨了，西水受着南水的胁迫，立即开始了强烈的反攻，双方冲突的结果，是不断地上涨！

锣声响得紧！人们心中还没有弥缝的创口，又重新地被这痛心的锣锤儿敲得四分五裂，连孩子妇人都跑到堤边去用手捧着一合一合的泥土向堤上堆。老年人和云普叔一道的，多数已经跪下来了：

"天哪！救苦救难的观世音菩萨呀！今年的大水实在再来不得了啊！"

"盖天古佛！你老人家保过了这场水灾，准还你十本大戏！"

"天收人啦！"

经过了两日夜的拼命挣扎，每个人的眼睛里都暴出了红筋。身体像弹熟了的软棉花一样，随处倒落。西水毕竟是过渡了汹涌的时期，经不起南水的一阵反攻，便一泻千里地崩溃下去了！于是南水趁势地顺流下来，没有一丝阻碍。

水退了！

千万颗悬挂在半空中的心，随着洪水的退落而放下。每个人都张开了口，吐出了一股恶气。提起锄头被絮，拖着软棉花似的身子，各自踏上了归途。脸上，都挂着一丝胜利的微笑。

"喂！癞大哥，夜里到我这里来谈天啊！"

立秋在十字路上分岔时对癞老大说。

六

　　生活和工作，双管齐下地夹攻着这整个的农村。当禾苞标出线来时，差不多每个农民都在拼着他们的性命。过了这严重的一二十天，他们便全能得救！

　　家中虽然没有一粒米了，然而云普叔的脸上却浮着满面的笑容。他放心了，经过了这两次巨大的风波，收成已经有了九成把握。禾苗肥大，标线结实，是十多年来所罕见的好，穗子都有那样长了。眼前的世界，所开展在云普叔面前的尽是欢喜，尽是巨大的希望。

　　然而云普叔并没有做过大的幻想，他抓住了目前的现势来推测二十天以后的情形那是真的。他举目望着这一片油绿色的原野，看看那肥大的禾苗，一线一线快要变成黄金色的穗子，几回都疑是自己的眼睛发昏，自己在做梦。然而穗子禾苗，一件件都是正确地摆在他的面前，他真的欢喜得快要发疯了啊！

　　"哈哈！今年的世界，真会有这样的好吗？"

　　过去的疲劳，将开始在这儿做一个总结了：从下种起，一直到现在，云普叔真的没有偷闲过一刻工夫。插田后便闹天干，刚刚下雨又发大水，一颗心像七上八下的吊桶一般地不能安定。身子疲劳得像一条死蛇，肚皮里没有充过一次饱。以前的挨饿现在不要说，单是英英卖去以后，家中还是吃稀饭的。每次上田，连腿子都提不起，人瘦得像一堆枯骨。一直到现在，经过这许多许多的恐怖和饥饿，云普叔才看见这几线长长的穗子，他怎么不欢喜呢？这才是算得到了手的东西呀，还得仔细地将它盘算一下哩！

　　开始一定要饱饱地吃它几顿。孩子们实在饿得太可怜了，应当多弄点菜，都给他们吃几餐饱饭，养养精神。然后，卖几担出去，做几件衣服穿穿，孩子们穿得那样不像一个人形。过一个热热闹闹的中秋节。把债统统还清楚。剩下来的留着过年，还要预备过明年的荒月，接新……

立秋、少普都要定亲，立秋简直是处处都表示需要堂客了。就是明年下半年吧，给他们每个都收一房亲事，后年就可养孙子，做爷爷了……

一切都有办法，只少了一个英英，这真使云普叔心痛。早知今年的收成有这样好，就是杀了他也不肯将英英卖掉啊！云普叔是最疼英英的人，他这许多儿女中只有英英最好，最能孝顺他。现在，可爱的英英是被他自己卖掉了啦！卖给那个满脸胡须的夏老头子了，是用一只小划子装走的。装到什么地方去了呢？云普叔至今还没有打听到。

英英是太可怜了啊！可怜的英英从此便永远没有了下落。年岁越好，越有饭吃，云普叔越加伤心。英英难道就没有坐在家中吃一顿饱饭的福命吗？假如现在英英还能站在云普叔面前的话，他真的想抱住这可怜的孩子号啕大哭一阵！天呵！然而可怜的英英是找不回来了，永远地找不回来了！留在云普叔心中的，只有那条可怜的瘦小的影子，永远不可治疗的创痛！

还有什么呢？除此以外，云普叔的心中只是快乐的、欢喜的，一切都有了办法。他再三地嘱咐儿子，不许谁再提及那可怜的英英，不许再刺痛他的心坎！

家里没有米了，云普叔丝毫也没有着急，因为他已经有了办法，再过十多天就能够饱饱地吃几餐。有了实在的东西给人家看了，差了几粒吃饭谷还怕没有人发借吗？

何八爷家中的谷子，现在是拼命地欲找人发借。只怕你不开口，十担八担，他可以派人送到你的家中来。价钱也没有那样昂贵了，每担只要六块钱。

李三爷的家里也有谷子发借。每担六元，并无利息，而且都是上好的东西。

垄上的人都要吃饭，都要渡过这十几天难关，可是谁也不愿意去向八爷或三爷借谷子。实在吃得心痛，现在借来一担，过不了十多天，要还他们三担。

还是硬着肚皮来挨过这十几天吧！

"这就是他们这班狗杂种的手段啦！他们妈妈的完全盘剥我们过生活。大家要饿死的时候，向他们叩头也借不着一粒谷子，等到田中的东西有把握了，这才拼命地找人发借。只有十多天，借一担要还他们三担。这班狗杂种不死，天也真正没有眼睛……"

"高鼻子大爷，你不是也借过他的谷子吗？哼！天才没有眼睛哩！越是这种人越会发财享福！"

"是的呀！天是不会去责罚他们的，要责罚他们这班杂种，还得依靠我们自己来！"

"怎样靠自己呢？立秋，你这话里倒有些玩意儿，说出来大家听听看！"

"什么玩意儿不玩意儿，我的道理就在这里：自己收的谷子自己吃，不要纳给他们这些狗杂种的什么劳什子租，借了也不要给他们还去！那时候，他还有什么道理来向我们要呢？"

"小孩子话！田是他家的呀！"二癞子装着教训他的神气。

"他家的？他为什么有田不自己种呢？他的田是哪里来的？还不是大家替他做出来的吗？二癞子你真蠢啊！你以为这些田真是他

的吗？"

"那么，是哪个的呢？"

"你的，我的！谁种了就是谁的！"

"哈哈！立秋，你这完全是十五六年时农民会上的那种说法。你这孩子，哈哈！"

"高鼻子大爹，笑什么？农民会你说不好吗？"

"好，杀你的头！你怕不怕？"

"怕什么啊！只要大家肯齐心，你没有看见江西吗？"

"齐心！你这话是很有道理的，不过……哈哈！"

高鼻子大爹，还有二癞子、壳壳头、王老六大家和立秋瞎说一阵之后，都相信了立秋的话不错。民国十六年的农民会的确是好的，只可惜没有弄得长久，而且还有许多人吃了亏。假如要是再来一个的话，一定硬要把它弄得久长一些啊！

"好！立秋，还有团防局里的枪炮呢？"

"咄！到了那个时候，我们就不好把他妈妈的缴下来吗？"

儿子整天不在家里，一切都要云普叔自己去理会。家中没有米了，不得不跑到李三爹那里去借了一担谷子来。

"你家里五六个人吃茶饭，一担谷就够了吗？多挑两担去！"

"多谢三爹！"

云普叔到底只借了一担。他知道，多吃一担，过不了十来天就要还三担多。没有油盐吃，曹炳生店里也可以赊账了。肉店里的田麻拐，时常装着满面笑容地来慰问他：

"云普哥，你要吃肉吗？"

"不要啊，吃肉还早哩。"

"不要紧的，你只管拿去好了！"

云普叔从此便觉得自己已经在渐渐地伟大，无论什么人遇见了他，都要对他点头微笑地打个招呼。家中也渐渐地有些生气了。就只恨自己的儿子不争气，什么事都要自己操心。妈妈的，老太爷就真的没有福命做吗？

穗子天天地黄起来，云普叔脸上的笑容也一天一天地加厚着。他真是忙碌啊！补苫布，修风车，请这个来打禾，邀那个来扎草，一天到晚，他都是忙得笑眯眯的。今年的世界确比往年要好上三倍，一担田，至少可以收三十四五担谷。这真是穷苦人走好运的年头啊！

去年遭水灾，就因为堤修得不好，今年首先最要紧的是修堤。再加厚它一尺土吧，那就什么大水都可以不必担心事了。这是种田人应尽的义务呀！堤局里的委员早已来催促过。

"曹云普，你今年要出八块五角八分的堤费啦！"

"这是应该的，一石多点谷！打禾后我亲自送到局里去！劳了委员先生的驾。应该的，应该的！"

云普叔满面笑容地回答着。堤不修好，免不了第二年又要遭水灾。

保甲先生也衔了团防局长的使命，来和云普叔打招呼了：

"云普叔，你今年缴八块四角钱的团防捐税啦！局里已经来了公事。"

"怎么有这样多呢？甲老爷！"

"两年一道收的！去年你有没有缴过？"

"啊！我慢慢地给你送去。"

"还有救国捐五元七角二，剩共捐三元零七。"

"这！又是什么名目呢？甲，甲老爷！"

"咄！你这老头子真是老糊涂了！东洋鬼子打到北平来了，你还在鼓里困。这钱是拿去买枪炮来救国打共匪的呀！"

"啊呀！晓得，晓得了！我，我，我送去。"

云普叔并不着急，光是这几块钱，他真不放在心上。他有巨大的收获，再过四五天的世界尽是黄金，他还有什么要着急的呢？

七

儿子不听自己的指挥，是云普叔终身的恨事。越是功夫紧的当口儿，立秋总不在家，云普叔暴躁得满屋乱跑。他始终不知道儿子在外面干些什么勾当。大清早跑出去，夜晚三更还不回来。四方都有桶响了，自家的谷子早已黄熟得滚滚的，再不打下来，就会一粒一粒地自行掉落。

"这个狗养的，整天地在外面收尸！他也不管家中是在什么当口儿上了。妈妈的！"

他一面恨恨地骂着，一面走到大堤上去想兜一张桶[1]。无论如何，今天的日脚好，不响桶是非常可惜的事情。本来，立秋在家，父子三个人还可勉强地支持一张跛脚桶[2]，立秋不回来就只好跑到大堤上去叫外帮打禾客。

打禾客大半是由湘乡那方面来的，每年的秋初总有一批这样的人来：挑着简单的两件行李，四个一伴四个一伴地向这滨湖的几县穿来穿去，专门替人家打禾割稻子，工钱并不十分多，但是要吃一

---

[1] 桶：此处指打禾用的桶，四方的。四个人操控一张桶，其中两个人割稻，另外两个人打稻。"兜一张桶"，意即找四个打稻的人。

[2] 跛脚桶：即不足四人。

点较好的东西。

云普叔很快地叫了一张桶。四个彪形大汉，肩着憔悴的行囊跟着他回来了。响桶时太阳已经出了两丈多高，云普叔叫少普守在田中和打禾客做伴，自己到处去寻找立秋。

天晚了，两斗田已经打完，平白地花了四串打禾工钱。立秋还是没有寻到，云普叔更焦急得无可奈何了。

收成是出乎意料地丰富，两斗田竟能打到十二担多毛谷子。除了恼恨儿子不争气以外，自己的心中倒是非常快活的。

叫一张外帮桶真是太划不来的事情啊！工钱在外，一大碗一大碗的白米饭，都给这些打禾客吃进肚里去了，真使云普叔看得眼红。想起过去饥饿的情形来，恨不得把立秋抓来活活地摔死。明天万万不能再叫打禾客了，自己动手，和少普两个人，一天至少能打几升斗把田。

夜深了，云普叔还是不能入梦。仿佛听到了立秋在耳边头和人家说话。张开眼睛一看，心中立刻冒出火来：

"你这杂种！你，你也要回来呀！妈妈的，家中的事情你一点都不管，剩下我这个老鬼来一个人拼命！妈妈的，我的命也不想要了！今朝不是鱼死就是网破！老子一定要看看你这杂种的本事……"

云普叔顺手拿起一根木棍，向立秋不顾性命地扑来。四串工钱和那些白米饭的恶气，现在统统要在这儿发作了。

"云普叔叔，请你老人家不要错怪了他，这一次真是我们请他去帮忙的！"

"什么鸡巴事？你，你，你是谁……癞大哥你难道不知道吗？我家中的功夫这样忙！他妈妈的，他要去收尸！"云普叔气急了，手中的木棍不住地颤抖。

"不错呀！云普伯伯，这回他的确是替我们做事情去了啊！"又一个说。

"好！你们这班人都帮着他来害我。鸡肚里不晓得鸭肚里的事！你们都知道我的家境吗？你们……"

"是的，伯伯！他现在已经回来了，明天就可以帮助你老人家下田！"

"下田！做死了也捞不到自己一顿饱饭，什么都是给那些杂种得现成。你看，我们做个要死，能够落得一粒劳什子到手吗？我老早就打好了算盘！"立秋愤愤地说。

"谁来抢去了你的，猪杂种？"

"要抢的人才多呢！这几粒劳什子终究会不够分配的！再做十年八年也别想落得一颗！"

"猪入的！你这懒精偏有这许多辩说，你不做事情天上落下来给你吃！你和老子对嘴！"

云普叔重新把木棍提起，恨不得一棍子下来，将这不孝的东西打杀！

"好了，立秋，不许你再多说！老伯伯，你老人家也休息一会儿！本来，现在的世界也变了，下田的人真是一辈子也别想抬起头来。一年忙到头，收拾下来，一担一担给人家送去！捐呀！债呀！饷呀！哪里分得自己还有捞呢？而且市面的谷价这几天真是一落千丈，我们不想个法子是不可能的啊！所以我们……"

"妈妈的！老子一辈子没有想过什么鸡巴法子，只知道要做，不做就没有吃的……"

"是呀！立秋你好好地服侍你的爹爹，我们再见！"

三四个后生子走后，立秋随即和衣睡下。云普叔的心中，像卡着一块硬邦邦的石子。

从立秋回来的第二天起，谷子一担一担地由田中挑回来，壮壮的，黄黄的，真像金子。

这垄上，没有一个人不欢喜的。今年的收成比往年至少要好上三倍。几次惊恐，日夜疲劳，空着肚皮挣扎出来的代价，能有这样丰满，谁个不喜笑颜开呢？

人们见着面都互相点头微笑着，都会说天老爷有眼睛，毕竟不能让穷人一个个都饿死。他们互相谈到过去的苦况：水、旱、忙碌和惊恐，以及饿肚皮的难堪！现在他们全都好了啦。

市面也渐渐地热闹了，物价只在两三天工夫中，高涨到一倍以上。相反地，谷米的价格倒一天天地低落下来。

六块！四块！三块！一直低落到只有一元五角的市价了，还是最上等的迟谷。

"当真跌得这样快吗？"

欢欣、庆幸的气氛，于是随着谷价的低落而渐渐地消沉下来了。谷价跌下一元，每个人的心中都要紧一把。更加以百物的昂贵，丰收简直比常年还要来得窘困些了。费了千辛万苦挣扎出来的血汗似的谷子，谁愿那样不值钱地将它卖掉呢？

云普叔初听到这样的风声，并没有十分惊愕，他的眼睛已经看黄黄的谷子看昏了。他就不相信这样好好的救命之宝会卖不起钱。当立秋告诉他谷价疯狂地暴跌的时候，他还瞪着两只昏黄的眼睛怒骂道：

"就是你们这班狗牛养的东西在大惊小怪地造谣！谷跌价有什么稀奇的呢？没有出大价钱的人，自己不好留着吃？妈妈的，让他们都饿死好了！"

然而，寻着儿子发气是发气，谷价低，还是没有法子制止。一块二角钱一担迟谷的声浪，渐渐地传播了这广大的农村。

"一块二角，婊子的儿子才肯卖！"

即便谷价低落到一钱不值，云普叔仍旧是要督促儿子们工作的。打禾后晒草，晒谷，上风车，进仓，在火烈的太阳底下，终日不停地劳动着。由水浃浃地杂着泥巴乱草的毛谷，变为干净黄壮的好谷子。他自己认真地决定着：这样可爱的救命宝，宁愿留在家中吃它三五年，绝不肯烂便宜地将它卖去。这原是自己大半年来的血汗呀！

秋收后的田野，像大战过后的废垒残墟一样，凌乱得没有一点次序。整个的农村，算是暂时地安定了。安定在那儿等着，等着，等着某一个巨大的浪潮来毁灭它！

八

为着几次坚决地反对办"打租饭"，大儿子立秋又赌气地跑出了家门。云普叔除了怄气之外，仍旧是恭恭敬敬地安排着。无论如何，他可以相信在这一次"打租"的筵席上，多少总可以博得爷们一点同情的怜悯心。他老了，年老的人，在爷们的眼睛里，至少总还可以讨得一些便宜吧！

一只鸡，一只鸭子，两碗肥肥的猪肉，把云普叔馋得拖出一线一线的唾沫来。进内换了一身补得规规矩矩的衣裤，又吩咐少普将大堂扫得清清爽爽了，太阳还没有当空。

早晨云普叔到过何八爷家里，又到过李三爹庄上，诚恳地说明了他的敬意之后，八爷三爷都答应来吃他们一餐饭。堤局里的陈局长也在内，何八爷准许了替云普叔邀满一桌人。

桌上的杯筷已经摆好了，爷们还没有到。云普叔又恭恭敬敬地站在大门口观望了一回，远远地似乎有两行黑影向这方移动了。连忙跑进来，吩咐少普和四喜儿暂时躲到后面去，不要站在外面碍了爷们的眼。四条长凳子，重新地将它们揩了一阵，自己觉得没有什么不干净的地方了，才安心地站在一边侍候爷们的驾到。

一路总共七个人，除了三爷八爷和陈局长以外，各人还带了一位算租谷的先生。其他的两位不认识，一个有兜腮胡须的像菩萨，一位漂漂亮亮的后生子。

"云普！你费了力呀！"满面花白胡子、眼睛像老鼠的三爷说。

"实在没有什么，不恭敬得很！只好请三爷、八爷、陈老爷原谅原谅！唉！老了，实在对不住各位爷们！"

云普叔战战兢兢地回答着，身子几乎缩成了一团。"老了"两个字说得特别响。接着便是满脸的苦笑。

"我们叫你不要来这些客气，你偏要来，哈哈！"何八爷张着没有血色的口，牙齿上堆满了大粪。

"八爷，你老人家……唉！这还说得上客气吗？不过是聊表佃户们一点孝心而已！一切还是要请八爷的海量包涵！"

"哈哈！"

陈局长也跟着说了几句勉励劝慰的话，少普才从后面把菜一碗一碗地捧出来。

"请呀！"

筷子羹匙，开始便像狼吞虎咽一样。云普叔和少普二人分立在左右两旁侍候，眼睛都注视着桌上的菜肴。

当肥肥的一块肉被爷们吞嚼得津津有味时,他们的喉咙里像有无数只蚂蚁在那里爬进爬出。涎水从口角里流了出来,又强迫把它吞进去。最后少普简直馋得流出眼泪了,要不是有云普叔在他旁边,他真想跑上去抢一块来吃吃。

像上战场一般地挨过了半点钟,爷们都吃饱了。少普忙着泡茶搬桌子,爷们都闲散地走动着。五分钟后,又重新地围坐拢来。

云普叔垂着头,靠着门框边站着,恭恭敬敬地听候爷们说话。

"云普,饭也吃过了,你有什么话,现在尽管向我们说呀!"

"三爹、八爷、陈老爷都在这里,难道爷们还不明白云普的困难吗?总得求求爷们……"

"今年的收成不差呀!"

"是的,八爷!"

"那么,你打算要说些什么呢?"

"我想,想求求爷们……"

"啊!你说。"

"实在是云普去年的元气伤狠了,一时恢复不起来。满门大小天天要吃这些,云普又没有力量赚活钱,呆板地靠田中过日子。总得要求要求八爷、三爹……"

"你的打算呢?"

"总求八爷高抬贵手,在租谷项下,减低一两分。去年借的豆子和今年种谷项下,也要请八爷格外开恩!三爹,你老人家也……"

"好了,你的意思我统统明白了,无非是要我们少收你几粒谷。可是云普,你也应当知道呀!去年,去年谁没有遭水灾呢?我们的元气说不定还要比你损伤得厉害些呢!我们的开销至少要比你大上三十倍,有谁来替我们赚进一个活钱呢?除了这几粒租谷以外!至于去年我借给你的豆子，你就更不能说什么开恩不开恩。那是救过你们性命的东西啦！借给你吃已算是开过恩了，现在你还好意思说一句不还吗？"

"不是不还八爷，我是想要求八爷在利钱上……"

"我知道呀！我怎能使你吃亏呢？借豆子的不止你一个人。你的能够少，别人的也能够少。这是万万做不到的事情啊！至于种谷，那更不是我的事情，我仅仅经了一下手，那是县库里的东西，我怎么能够做主呢？"

"是的，八爷说的也是真情！云普老了，这次只要求八爷三爹格外开一回恩，下年收成如果好，我绝不拖欠！一切沾爷们的光！"

云普叔的脸色十分沮丧了，说话时的喉咙也硬酸酸的。无论如何，他要在这儿尽情地哀告。至少，一年的吃用是要求到的。

"不行！常年我还可以通融一点，今年半点也不行！假使每个人都和你一样麻烦，那还了得！而且我也没有那许多精神来应付他们。不过，你是太可怜了，八爷也绝不会使你吃亏的。你今年除去还捐还债以外，实实在在还能落到手几多？你不妨报出来给我听听看！"

"这还打得过八爷的手板心吗？共收下来一百五十担谷子，三爹也要，陈老爷也要，团防局也要，捐钱，粮饷……"

"哪里只有这一点呢？"

"真的！我可以赌咒！"

"那么，我来给你算算看！"

八爷一面说着，一面回头叫了那位穿蓝布长衫的算租先生：

"涤新！你把云普欠我的租和账算算看！"

"八爷，算好了！连租谷、种子、豆子钱，头利一共一百零三担五斗六升！云普的谷，每担作价一块三角六。"

"三爹你呢？"

"大约也不过三十担吧！"

"堤局约十来担光景！"陈局长说。

"那么，云普你也没有什么开销不来呀！为什么要这样啰唆呢？"

"哎呀！八爷！我一家老小不吃吗？还有团防费、粮饷、捐钱都在里面！八爷呀！总要你老人家开恩……"

云普叔的眼泪跑出来了！在这种紧急关头，他只有用最后的哀告来博取爷们的怜悯心。他终于跪下来了，像拜菩萨样一地给爷们叩了三四个响头。

"八爷三爹呀！你老人家总要救救我这老东西！"

"唔！好云普，我答应你。可是，现在的租谷借款项下，一粒也不能拖欠。等你将来到了真正不能过门的时候，我再借给你一些吃谷是可以的！并且，明天你就要替我把谷子送来！多挨一天，我便多要一天的利息！四分五！四分五！"

"八爷呀！"

第二天的清早，云普叔眼泪汪汪地叫起来了少普，把仓门打开。何八爷李三爹的长工都在外面等待着。这是爷们的恩典，怕云普叔一天送去不了这许多，特地打发自家的长工来帮忙挑运。

黄黄的、壮壮的谷子，一担一担地从仓孔中量出来，云普叔的心中，像有千万利刀在那里宰割。眼泪一点一点地淌下，浑身阵阵地发颤。英英满面泪容的影子、蚕豆子的滋味、火烈的太阳、狂阔的大水、观音粉、树皮……都趁着这个机会，一齐涌上了云普叔的心头。

长工的谷子已经挑上肩了，回头叫着云普叔：

"走呀！"

云普叔用力地把谷子挑起来，像有一千斤重。汗如大雨一样地落着！举眼恨恨地对准何八爷的庄上望了一下，两腿才跨出头门。勉强地移过三五步，脚底下活像着了锐刺一般地疼痛。他想放下来停一停，然而头脑眩晕了，经不起一阵心房的惨痛，便横身倒下来了！

"天啦！"

他只猛叫了这么一句，谷子倾翻了一地。

"少普！少普！你爹爹发痧！"

"爹爹！爹爹！爹爹呀！"

"云普，云普！"

"妈妈来呀，爹爹不好了！"

云普婶也急急地从里面跑出来，把云普叔抬卧在戏台下的一块门板上，轻轻地在他的浑身上下捶动着：

"你有什么地方难过吗？"

"唔！"

云普叔的眼睛闭上了。长工将一担一担的谷子从云普叔的身边挑过，脚板来往的声音，统统像踏在云普叔的心上。渐渐地，在他的口里冒出了鲜血来。

保甲正带着一位委员老爷和两个佩盒子炮的大兵闯进来了。后面还跟着五六个备有箩筐扁担的工役。

"怎么！云普生病了吗？"

少普随即走来打了招呼：

"不是的，刚刚劳动了一下，发痧！"

"唔！"

"云普！云普！"

"有什么事情呀，甲老爷？"少普代替说。

"收捐款的！剿共，救国，团防，你爹爹名下一共一十七元一角九分。算谷是一十四担三斗零三合。定价一元二角整！"

"唔！几时要呢？'

"马上就要量谷的！"

"啊！啊啊……"

少普望着自己的爹爹，又望望大兵和保甲，他完全莫名其妙地发痴了！何李两家的长工，都自动地跳进了仓门那里量谷。保甲老爷也赶着钻了进去：

"来呀！"

外面等着的一群工役统统跑进来了，都放下箩筐来准备装谷子。

"他们难道都是强盗吗？"

少普清醒过来了，心中涌上一种异样的恼愤。他举着血红的眼睛，望了这一群人，心火一把一把地往上冒。

他始终不明白，为什么自己辛辛苦苦种下来的谷子，都一担一担地被人家挑走。这些人又都那样地不讲理性。他咬紧了牙齿，想跑上去把这些强盗抓几个来饱打一顿——要不是旁边两个佩盒子炮的向他盯了几眼。

"唔……唔……哎呀……"

"爹爹！好一点了吗？"

"唔……"

只有半点钟工夫，工役长工们都走光了。保甲慢慢地从仓孔中爬出来，望着那位委员老爷说道：

"完了，除去何李两家的租谷和堤费外，捐款还不够三担三斗多些。"

"那么，限他三天之内自己送到镇上去！你关照他一声。"

"少普！你等一会儿告诉你爹爹，还差三担三斗五升多捐款，限他三天内亲自送到局里去！不然，随即就会派兵来抓人。"保甲恶狠狠地传达着。

"唔！"

人们在少普蒙眬的视线中消失了。他转身向仓孔中一望：天哪！那里面只剩了几块薄薄的仓板子了。

他的眼睛发了昏，整个世界都好像在团团地旋转！

"唔……哎哟！"

"爹爹呀！"

九

立秋回来了，时候是黑暗无光的午夜！

"真的有抢谷的强盗啊！"

云普叔又继连地发了几次昏。他紧紧地握着立秋的手腕，颤抖地说道：

"立秋！我们的谷子呢？今年，今年是一个少有的丰年呀！"

立秋的心房创痛了！半晌，才咬紧牙关地安慰了他的爹爹：

"不要紧的哟！爹爹，你老人家何必这样伤心呢？我不是早就对你老人家说过了吗？迟早总有一天的，只要我们不再上当了。现在垄上还有大半没有纳租谷还捐的人，都准备好了不理他们。要不然，就是一次大的拼命！今晚，我还要到那边去呢！"

"啊……"

模糊中云普叔像做了一场大梦。他隐约地了解儿子立秋不常在家的原因。十五六年农民会的影子，突然地浮上了他的脑海。勉强地展开着眼睛，苦笑地望了立秋一眼，很迟疑地说道：

"好，好，好啊！你去吧，愿天老爷保佑他们！"

1933年5月20日脱稿于上海

小说篇

山村一夜

一

外面的雪越下越紧了。狂风吹折着后山的枯冻了的树枝,发出哑哑的响叫。野狗遥远地、忧郁而悲哀地嘶吠着,还不时地夹杂着一种令人心悸的、不知名的兽类的吼号声。夜的寂静,差不多全给这些交错的声音碎裂了。冷风一阵一阵地由破裂的壁隙里向我们的背部吹袭过来,使我们不能禁耐地连连地打着冷噤。刘月桂公公面向着火,这个老年而孤独的破屋子主人,是我们的一位忠实的农民朋友介绍给我们来借宿的。他的左手拿着一大把干枯的树枝,右手持着灰白的胡子,一边拨旺了火势,一边热烈地、温和地给我们这次的惊慌和劳顿安慰了,而且还滔滔不停地给我们讲述着他那生平最激动的一些新奇的故事。

因为火光的映照,使他的眼睛显得特别歪斜、深陷,而且红红的。他的额角上牵动着深刻的皱纹;他的胡子顽强地、有力地高翘着;他的鼻尖微微地带点勾曲;嘴唇是颇为宽厚而且松弛的。

他说起话来就像生怕人家会听不清或者听不懂似的,总是一边高声地做着手势,一边用那深陷的、歪斜的眼睛看着我们。

又因为夜的山谷中太不清静,他说话时总常常要起身去开开那扇破旧的小门,向风雪中去四围打望一遍,好像察看着有没有什么人前来偷听一般;然后才深深地呵着气,抖落那沾身的雪花,将门儿合上了。

"……先生,你们真的愿意常常到我们这里来玩吗?那好极了!那我们可以经常做朋友了。"他用手在这屋子里环指了一个圈圈,

"你们来时总可以住在我这里的，不必再到城里去住客栈了。客栈里的民团局会给你们麻烦得要死的。那些蠢子啊！什么保人啦，哪里来啦，哪里去啦，'年貌三代'啦……他们对于来客，全像是在买卖一头小牛或者一头小猪那样的，会给你们从头上直看到脚下，连你们的衣服身坏一共有多少斤重量，都会看出来的，真的，到我们这个连鸟都不高兴生蛋的鬼地方来，就专门欢喜这样子：给客人一点麻烦吃吃。好像他们自己原是什么好角色，而往来的客人个个都是坏东西那样的，因为这地方多年前就不像一个住人的地方了！真的，先生……世界上会有这样一些人的：他们自以为是怎样聪明得了不得，而别人只不过是一些蠢子。他们自己拿了刀会杀了人家——杀了蠢子——劫得了蠢子的财帛，倒反而四处去向其他的蠢子招告：他杀的只不过是一个强盗。并且说：他之所以要杀这个人，还不只是为他自己，而是实在地为你们蠢子大家呢！于是，等到你们这些真正的蠢子都相信了他，甚至于相信到自己动起手去杀自己了的时候，他就会得意扬扬地躲到一个什么黑角落里去，暗暗地好笑起来了：'看啦！他们这些东西多蠢啊！他们蠢得连自己的妈妈都不晓得叫呢！'真的，先生，世界上就真会有这样一些人的。但他们却不知道：蠢的才是他们自己呢！因为真正的蠢子蠢到了不能再蠢的时候，也就会一下子变得聪明起来的。那时候，他们这些自作聪明的人，就是再会得"叫妈妈"些，也怕是空的了吧。真的啊，先生！世界上的事情就统统是这样的——我说蠢子终究要变得聪明起来的。要是他不聪明起来，那他就只有自己去送死了，或者变成一个什么十足的痴子、疯子那样的东西！先生，真的，不会错的！我们这里还发生过一桩这样的事呢：一个人会蠢到这样的地步的——自己亲生的儿子送去给人家杀了，还要给人家去叩头赔礼！

您想：这还算是一个怎样的世界呢！人蠢到这样的地步了，又怎能不变成疯子呢？先生！"

"啊——会有这样的事情吗？桂公公！一个人又怎能将自己的儿子送去给人家杀掉呢？"我们对于这些话，实在是感到惊异，便连忙这样问。

"你们说得有道理，先生。一个人怎能将自己的儿子送去给人家杀掉呢？不会的，普天下不会，也不应该有这样的事情的。然而，我却亲眼看见了，而且还和他们是亲戚，还为他们伤了一年多的心哩！先生。"

"怎样的呢？这又是怎么回事呢？桂公公！"我们的精神完全被这老人家给刺激起来了！不但忘记了外面的风雪，而且也忘记了睡眠和寒冷了。

"怎样一回事……唉，先生，不能说哩。这已经是快两周年的事情了！但是先生，你们都不睡吗？伤心的事情不是一句话两句话就说得完的！真的啊，先生！你们不要睡？那好极了！那我们应该将火加得更大一些！我将这话告诉你们了，说不定对你们还有很大的益处呢！事情就是这样发生的：

"三年前，我的一个叫作汉生的学生——干儿子，突然在一个深夜里跑来对我说：'干爹，我现在已经寻到一条新的路了。我同曹德三少爷、王老发、李金生他们弄得很好了，他们告诉了我很多的事情。我觉得他们说得对，我要跟他们去了，像跟早两年前的农民会那样的。干爹，你该不会再笑我做蠢子和痴子了吧！'

"'但是孩子，谁叫你跟他们去的呢？怎么忽然变得聪明起来了？你还是受了谁的骗呢？'我说。

"'不是的，干爹！'他说，'是我自己想清楚了，他们谁都没

有来邀过我，而且他们也并不勉强我去，我只是觉得他们说的对就是了。'

"'那么，又是谁叫你和曹三少爷弄作一起的呢？'

"'是他自己来找我的。他很会帮穷人说话，他说得很好哩！干爹。'

"'是的，孩子。你确是聪明了，你找了一条很好的路。但是，记着：千万不要跟曹三少爷有过多的往来，有什么事情先来告诉我。干爹活在这世界上六十多年了，什么事都比你有经验，你只管多多相信干爹的话，不会错的，孩子。去吧！安静一些，不要让你的爹爹知道，并且常常到我这里来。'

"先生，我说的就是这样一个孩子，给他那糊涂的、蠢拙的爹爹送掉的。他住得离我们这里并不远，就在这山村子的那一面。

"他常常要到我这里来。因为立志要跟我学几个字，他便称我为干爹了。他的爹爹是做老长工出身的，因而家境非常的苦，爷儿俩就专靠这孩子做零工过活。但他自己却十分有志气。白天里挥汗替别人家工作，夜晚小心地跑到我这里来念一阵书。不喝酒，不吃烟，而且天性又温存，有骨气。他的个子虽不高大，但是十分强壮。他的眼睛是大大的、深黑的，头发像一丛短短的柔丝那样……总之，先生！用不着多说，无论他的相貌、性情、脾气和做事的精神怎样，只要你粗粗一看，便会知道这绝不是一个没有出息的孩子就是了。

"他的爹爹也常到这里来。但那是怎样的一个人物呢？先生！可怜、愚蠢、懦弱而且怕死得要命。他的一世完全消磨在别人家的泥土上。他在我们山后面曹大杰家里做了三四十年长工，而且从来没有和主人家吵过一次嘴。"

二

"先生，关于这样的人本来只要一句话：就是猪一般的性子，牛一般的力气。他一直做到六七年前，老了，完全没有用了，才被曹大杰家里赶出去。带着儿子，狗一样地住到一个草屋子里，没有半个人怜惜他。他的婆子多年前就死了，和我的婆子一样，而且他的家里也再没有别的人了！

"就是这样的，先生。我和他们爷儿俩做了朋友，而且做了亲戚了。我是怎样地喜欢这个孩子呢？可以说比自己亲生的儿子还要喜欢十倍。真的，先生！

"我是那样用心地一个字一个字去教他，而他也从没有间断过，哪怕是刮风落雨下大雪，一旦约定，他都来的。我读过的书虽说不多，然而教他却也足有余裕。先生，我是怎样地希望这孩子成人啊！

"自从那次深夜谈话以后，我教这孩子便格外用心了。他来得也更加勤密，而且读书也更觉得刻苦了。他差不多天天都要来的，我一看到他……先生，我那老年人的心，便要温暖起来了。

"我想：我心爱的孩子，你吃了太多的苦啊！你虽然找了一条很好的路，但是你怎样去安顿你自己的生活呢？白天里挥汗吃力，夜晚还要读书、跑路，做着你的有意思的事情！你看：孩子，你的眼睛凹陷得多深，而且已经起了红的圈圈了呢！唉，先生！

"当时我虽然一面想，却还一面这样对他说：'孩子啊，安心地去做吧！不错的——你们的路。干爹老了，已经没有用了。干爹只能看着你们去做了哩。爱惜自己一些，不要将身子弄坏了！时间还长得很呢,孩子哟!'但是,先生,我的口里虽是这样说,却有另外一种可怕的念想,突然来到我的心里了。而且,先生,这又是怎样一种懦弱的、伤心的、不可告人的念想呀!

"可是,我却没有法子能够压制它。我只是暗暗为自己的老迈和无能悲叹罢了!而且我的心里还在想哩:也许这样的事情不会来吧!

"好人是绝不应该遭遇意外的事情的!但是先生,怎样了呢?我想的这些怎样了呢?唉,不能说哩!我不知道世界上有没有天,而且天的心里到底在想些什么?为什么人家希望的事,偏偏不来;不希望的、担心的、可怕的事,却一下子就飞来了?这到底是怎样的一个天呢?而且又是怎样的一个世界呢?先生,不能说哩。唉,唉!先生啊!"

由于风势过于猛烈,我们那扇破旧的小门和板壁,总是被吹得呀呀地作响。我们的后面也觉得有一股刺骨般的寒气,在袭击着我们的背心。刘月桂公公尽量地加大着火,并且还替我们摸出了一大捆干枯的稻草来,靠塞到我们的身后。这老年的主人家的言辞和举动,实在太令人感奋了。他不但使我们忘记了白天路上跋涉的疲劳,而且还使我们忘记了这深沉、冷酷的长夜。

他只是短短地沉默了一会儿,听了听那山谷间隐隐不断的野狗和兽类的哀鸣。一种夜的林下的阴郁的肃杀之气,渐渐地笼罩到我们中间来了。他也没有再做一个其他的举动,仅仅去开了一次那扇破旧的小门,便又睁动着他那歪斜的、深陷的、湿润的眼睛,继续起他的讲述了。

"先生,我说:如果一个人过分地去约束和干涉自己的儿子,那么这个人便是一个十足的蠢子!就譬如我吧:我虽然有过一个孩子，但我从来没有约束过他，一任他自己去四处漂泊，七八年来，不知道他漂到什么地方去了，而且连讯息都没有一个。因为年轻人自有年轻人的思想、心情和生活的方法，老年人是怎样也不应该去干涉他们的。一干涉，他们的心的和身的自由，便要死去了。而我那愚拙的亲家公，却不懂得这一点。

"先生，您想他是怎样去约束和干涉他的孩子呢？唉，那简直不能说啊！除了到这里来以外，他完全是孩子走一步便跟一步地啰唆着，甚至于连孩子去大小便他都得去望望才放心，就像生怕有一个什么人会一下子将他的孩子偷去卖掉的那样。您想，先生，孩子已经不是一个三岁两岁的娃娃了，又怎能那样地去监视呢？

"为了这事情我还不知道和他争论过几多次哩，先生，我说：'亲家公啦！您莫要老是这样地跟着您的孩子吧！为的什么呢？是怕给人家偷去呢？还是怕老鹰来衔去呢？您应当知道，他已经不是一个娃娃了呀！'

"'是的，亲家公。'他说，"我并不是跟着他，我只是有些不放心他就是了！'

"'那么，您有什么不放心的呢？'我说。

"'没有什么，亲家公。'他说，'我不过是觉得这样：一个年轻人，总应该管束一下子。'

"'没有什么！'唉，先生！您想，一个人会懦弱到这样的地步：刚说过的话，立马就害怕承认。

"于是，我就问他：'那么，亲家公，你管束他什么呢？'

"'没有什么，亲家公，我只是想像我爹爹年轻时约束我的那样，不让他走到坏的路上去就是了。'

"'拉倒了您的爹爹吧！亲家公！什么是坏的路呢？'先生，我当时便这样地生气起来了，'您是想将您的汉生约束得同您自己一样吗？一生一世牛马一样地跟人家犁地耕田，狗一样地让人家赶出去吗？唉！你这愚拙的人啊！'先生，我当时只顾这样生气，却并没有看着他本人。但当我一看到他被我骂得低头一言不发，只管在拿着他的衣袖抖颤的时候，我的心便完全软了。

"我想，先生，世界上为什么会有这样可怜无用的人呢？他为什么要生到这世界上来呢？唉，他的五六十岁的光阴如何度过的呢？于是，先生，我就只能这样温和地去对答他了：'莫多心了吧！亲家公，莫要老是这样跟着您的汉生了，多爱惜自己一些吧！您要再是这样跟着，您会跟出一个坏结局来的，告诉您：您的汉生是用不着您担心的了，至少比您聪明三百倍哩。'唉，先生，话有什么用处呢？我应该说的，统统向他说过了。他一当着你的面，怕你怕得要命；背了你的面，马上就四处去跟着、赶着他的儿子去了。

"关于他儿子所做的事，大家都知道，是无论如何不能够去告诉他的。因此我就再三嘱咐汉生：不要在他爹爹面前露出行迹。但是，谁知道呢？这消息是从什么地方走进他耳朵里的呢？

"也许是汉生的同伴王老发吧，也许是曹三少爷和木匠李金生吧！但是后来据汉生说：他们谁都没有告诉过他。大概是他自己暗中察觉出来的，因为他夜间也常常不睡地跟踪着。总之，汉生的一切，他不久都知道就是了，因此我就叫汉生特别注意，处处都要防备着他的爹爹。

"大概是大前年八月的夜间吧，先生，汉生刚刚从我这里踏着月亮走出去，那个老年的愚拙的家伙便立刻跟着追到这里来了。因为没有看见汉生，他便觉得有些不好意思地走近我的身边。然而，却不说话。在大的月光的照耀下，他只是用他那老花的眼睛望着我，猪鬃那样的几根稀疏的胡子，也轻轻地发着战。我想：这老东西一定又是来找我说什么话了，要不然他就绝不会变成一副这样的模样。于是，我就立刻放下了温和的脸色，殷勤地接着他。

"'亲家公啦！您来又有什么贵干呢？'我开玩笑一般地说。

"'没有什么，亲家公。'他轻声地说，'我只是有一桩事情不……不大放心，想和您商量商量就是了。'

"'什么呢，亲家公？'

"'关于您的干儿子的情形，我想，亲家公，您应该知道得很详细吧！'

"'什么呢？关于汉生的什么事情呢？嗳，亲家公？'

"'他近几个月来，不知道为了什么事，亲家公！常常一个通夜不回来。'

"'那又有什么关系呢？'

"'我想，亲家公！他说不定是跟着什么坏人，走到坏的路上去了。因为我常常看见他同李木匠和王老发他们一道。要是真的，亲家公，您想：我将他怎么办呢？我的心里啊……'

"'您的心里又怎样呢？'

"'怎样？唉！亲家公，您修修好吧！您好像一点都不知道似的！您想：假如我的汉生要有了什么三长两短，我还有命吗？我不是要绝了后代吗？有谁来替我养老送终呢？将来谁来上坟烧纸呢？我又统共只有这一个孩子！唉，亲家公，帮帮忙吧！您想想我是怎样将这孩子养大起来的呢？别人家不知道，您总应该知道呀！我那样千辛万苦地养大了他，我要是得不到他一点好处，我还有什么想头呢？亲家公！'

"'那么您的打算是应该将他怎样呢？'先生，我有点郑重起来了。

　　"'没有怎样，亲家公。'他说。这家伙大概又对着月光看到我的脸色了。'您莫要生我的气吧！我只是觉得有点害怕，有点伤心就是了！我能将他怎么办呢？我不过是想……'

　　"'啊——什么呢？'

　　"'我想，亲家公，您是他的干爹！只有您的话他最相信，您又比我们都聪明得多。我是想……想……求亲家公对他去说一句开导的话，使他慢慢回到正路上来，那我就……亲家公啊……就感……感……您的恩……恩……了。'

　　"唉！先生！您想：对待这样的一个人，还有什么法子呢？"

三

　　"他居然也知道了他自己是不聪明的人。他说了那么一大套，归根结底还不过是因为他没有得到儿子的一点好处，怕没有人养老送终，伤心没有人上坟烧纸罢了！而他自己却又没有能力去'开导'他的儿子，压制他的儿子，只晓得狗一样地跟踪着，跟出来了又只晓得跑到我这里来求办法，叫恩人！您想，我还能对这样可怜的、愚拙的家伙说点什么有意思的、能够使他想得开通的话呢？唉，先生，不能说哩！当时我是实在觉得生气，也觉得伤心。我极力地避开月光，因为怕他看出了我那不平静的脸色。因为我必须尽我的义务，对他说几句开导他的、使他想得通的话；虽然我明知道我的话对于这头脑糊涂的人没有用处，但是为了汉生的安静，我也不能够不说啊！

"我说：'亲家公啦！您刚才啰里啰嗦地说了这么一大套，到底为的什么呢？啊，您是怕您的汉生走到坏的路上去吗？那么，您知道什么路是坏的什么路才是好的呢？您说：王老发、李金生他们都不是好人，是坏人！那么他们又都坏在什么地方呢？唉，亲家公！我劝您还是不要这样糊涂地乱说吧！凡事都应该自己先去想清楚，再来开口的。您知道：您的年纪已经不小了呀！为什么还是像个孩子一样呢？您怎么会弄得"绝后代"呢？您的汉生又几时对您说过不给您"养老送终"呢？并且一个人死了就死了，没有人来"上坟烧纸"又有什么不得了的呢？唉，亲家公，您真是一个蠢拙的人啊！'

"唉，先生，我当时是这样叹气地说：'莫要再糟蹋您自己了吧，您已经糟蹋得够了！让我来告诉你这些事情吧：您的孩子并没有走到什么坏的路上去，您只管放心好了。汉生他比您聪明得多，而且他们年轻人自有他们年轻人的想法。至于王老发和李金生木匠他们就更不是什么歹人，您何必啰唆他们、干涉他们呢？您要知道：即算是您将您的汉生管束得同您一样了，又有什么好处呢？莫要说我说得不客气，亲家公，同您一样至多也不过是替别人家做一世牛马算了。譬如我对我的儿子吧……八年了！您看我又有什么了不得的呢？唉，亲家公啊！想得开些吧！况且您的儿子走的又并不是什么坏的路，完全是为着我们自己。您还有什么不放心的呢？唉，唉！亲家公啊！您这可怜的老糊涂一样的人啊！'

"唉，先生，您想他当时听了我这话之后怎样呢？他完全一声不作，只是呆呆地坐在那里，贼一样地用他那昏花的眼睛看着我，并且还不住地颤抖着他的胡子，开始流出眼泪来。唉，先生，我的心完全被这东西弄乱了！您想我还能对他说出什么话来呢？我只是

这样轻轻地去向他问了一问：'喂，亲家公！您是觉得我的话说得不对吗，还是什么呢？您为什么又伤起心来了呢？'

"这时候，先生，我还记得：那个大的、白白的月亮忽然被一块黑云遮去了；于是，我们就看不清彼此的面庞了。我不知道他一个人在黑暗中做了些什么事。半天，半天了……才听见他哀求一样地说道：'唉，不伤心哩，亲家公！我只是想问一问您：我的汉生……他们如果发生了什么别的事情，我一个人又怎么办呢？唉，唉！我的亲家公啊……'

"'不会的哩，亲家公！您只管放心吧！只要您不再去跟着啰唆您的汉生就好了。您不知道一句这样的话吗——吉人自有天相！何况您的汉生并不是蠢子，他怎么会不知道照顾自己呢？'

"'唔，是的，亲家公！您说的——都蛮对！只是我……唔，嗯……总有点……不放心他……有点……害怕就是了！呜呜……'

"先生，这老家伙站起来了，并且完全失掉了他的声音，开始哽咽起来了。

"'亲家公，莫伤心了吧！好好地回去吧！'我也站起来送他了，'您伤心什么呢？是替别人家做一世牛马好呢？还是自己有土地自己耕田好呢？您安心地回去想清楚些吧！不要再糊涂了吧！'

"唉，先生，还尽管啰啰唆唆地说什么呢？一句话——他便是这样一个懦弱的家伙就是了，并且凭良心说：自从那次以后，我没有再觉得这家伙可怜，因为这家伙有很多地方不值得可怜。但是在那次我却骗了他，而且还深深地骗了自己。您想：先生！'吉人自有天相'这到底是一句什么狗屁话呢？几时有过什么'吉人'，几时又看见过什么'天相'呢？然而，我却那样说了，并且还那样地祷告啦。这当然是我太爱惜汉生和太没有学问的缘故，因为我实在想不出一句适当的话去宽慰那个愚拙的人，也想不出一个法子来压制和安慰自己。但是，先生，事情最终怎样了呢？'吉人'是不是'天相'了呢？唉，要回答，其实，在先前我早就说过了的。那就是——您所想的、希望的事，偏偏不来；担心的、怕的和祸祟的事，一下子就飞来了！唉，先生，虽然他们那第一次飞来的祸事，都不是应在我的汉生的头上，但是汉生的死，也就完全是遭了那次事的殃及哩！唉，唉！先生！啊……"

刘月桂公公因为用铁钳去拨了一拨那快要衰弱了的火焰，一颗爆裂的红星，便突然地飞跃到他的胡子上去了！这老年的主人家连忙用手尖去挥拂着，却已经来不及了，燃断掉三四根下来了。

我们都没有说话。一种默默的、沉重的、忧郁之感，渐渐地压到了我们的心头。因为这故事的激动力和烦琐反复的情节的悲壮，已经深深地锁住了我们的心喉，使我们插不进话去了。

夜的山谷中的交错的声息，似乎都已经平静了些。然而愈平静，就愈觉得世界在一步步地沉降下去，好像直欲沉降到一个无底的洞中去似的，使我们几乎透不过气来了。风雪虽然仍在飘降，但听来却也已经削弱了很多。一切都差不多渐渐在恢复夜的寂静的常态了。刘月桂公公却并没有关心到他周围的事物，他只是不住地增加着火势，不住地运用着他的手，不住地蹙动着他那灰暗的眉毛和睁开他那昏沉的、深陷的、歪斜的眼睛。

因为遭了那火花的飞跃的损失，他继续说话的时候，总是常常要用手去摸着、护卫着他那高翘而有力量的胡子。

"那第一次祸事的飞来，"他接着说，"先生，也是在大前年的十一月哩。那时候，我们这里的民团局因为和外来的军队有了联络，便想寻点什么功劳去献献媚，巴结巴结那有力量的军官上司，便不分日夜地来到我们这山前山后四处搜索着。结果，那个叫作曹三少爷的，便第一个给他们弄去了。

"这事情的发生，是在一个降着严霜的早上。我的干儿子汉生突然丢掉了应做的山中的工作，喘息呼呼地跑到我这里来了。他一边睁大着他那大的、深黑的眼睛，一边上气不接下气地说：'干爹，我们的事情不好了！曹三少爷给……给……给……他们天亮时弄去了！这怎……怎么办呢？'

"唉，先生，我当时听了，也着实替他们着急了一下呢。但是反过来细细一想，觉得也没有什么大不了的。因为我们知道：对于曹三少爷他们那样的人，弄去不弄去，完全一样，原就没有什么关系的。因为他们愿不愿意替穷人说话和做事，就只要看他们高兴不高兴便是了，他们要是不高兴、不乐意了，说不定还能够反过来弄他的同伴一下子的。然而，我那仅仅只是忠诚、赤热而没有经历的干儿子，却不懂得这一点。他当时看到我只是默默不作声，便又热烈而认真地接着说：'干爹，您老人家怎么不作声呢？您想我们要是没有了他还能怎么办呢？唉，唉！干爹啊！我们失掉这样一个好的人，想来实在是一桩伤心的、可惜的事哩！'

"先生，他的头当时低下去了，并且我还记得：的确有两颗大的、亮晶晶的眼泪，开始爬出了他那黑黑的、湿润的眼眶。我的心完全被这赤诚的、血性的孩子感动了。于是，我便对他说：'急又有什么用处呢？孩子！我想他们不会将他怎样吧！你知道，他的爹爹曹大杰还在这里当里总呀，他怎能不设法子去救他呢？'

"'唉，干爹！曹大杰不会救他哩！因为曹三少爷跟他吵过架，并且曹三少爷还常常对我们说他爹爹的坏话。您老人家想：他怎能去救这样的儿子呢？曹三少爷是好的、忠实的、能说话的角色呀！'

"'唉,你还小呢,你的经历还差得很多哩,孩子!'我抚摸着他柔软的头发,说,'你只能够看到人家的外面,你看不到人家的内心。你知道他的心里是不是同口里相合呢?告诉你,孩子!越是会说话的人,越靠不住。何况曹德三家里的地位,还和你们相差这样远。你还知道"叫得好听的狗,不会咬人;会咬人的狗,绝不多叫"那句话吗?'

"'干爹,我不相信您的话!'这忠实的孩子立刻揩干眼泪叫起来了,'对于别人,我想:您老人家的话或者用得着的。但是对于曹三少爷,那您老人家就未免太……太不了解他了!我不相信这样一个好的人,会忽然变节!'

"'对的,孩子!但愿是这样吧。你不要怪干爹说话太直,也许干爹老了,事情见得不明了。曹德三这个人我又不常常看见,我不过是这样说说就是了。"宁可信其有,不可信其无。"你自己可以去做主张,凡事多多防备。不过曹德三少爷我可以担待,绝不至于出什么事情。'

"先生,就是这样的。我那孩子听了我这话之后,也没有再和我多辩,便摇头叹气、怏怏不乐地走开了。我当时也觉得有些难过,因为我不应该说得太直率,以致刺痛了他那年轻的赤热的心。我当时也是怏怏不乐地回到屋子里了。

"然而,不到半个月,我的话便证实了——曹德三少爷安安静静地回到他的家里去了。这时候,我的汉生便十分惊异地跑来对我说:'干爹,你想:曹德三少爷怎样会出来的?'

"'大概是他们自己甘心首告了吧。'

"'不,干爹!我不相信会有这样的事。三少爷是很有教养的人,他还能够说出很动人的、很有理性的话来哩!'

"'那么，你以为是怎样呢？'

"'我想：说不定是他的爹爹保出来的。或者，至多也不过是他的爹爹替他弄的手脚，他自己是绝不至于去那样做的！'

"'唉，孩子啊！你还是多多听一点干爹的话吧！不要再这样相信别人了，还是自己多多防备一下吧！'

"'对的，干爹。我实在应该这样吧！'

"'并且，莫怪干爹说得直：你们还要时刻防备那家伙——那曹三少爷……'

"那孩子听了我这话，突然惊愕得张开了他的嘴巴和眼睛，说不出话来了。很久，他好像还不曾听懂我的话一样。于是，先生，我就接着说：'我是说你那同伴——曹三少爷啦！'

"'那该——不会的吧……干爹！'他迟迟而且吃惊地不大相信地说。

"'唉，孩子啊！为什么还是这样不相信你的干爹呢？干爹难道会害你吗？骗你吗？'

"'是，是——的！干爹……'他一边走，一边低头回答道。"

四

"并且我还清晰地听见，他的声音已经渐渐变得酸硬起来了。这时候我因为怕又要刺痛了他的心，便不愿意再追上去说什么。我只是想，先生，这孩子到底怎样了呢？唉，唉，他完全被曹德三的好听的话迷住了啊！就是这样平静了一个多月，大家都相安无事。虽然这中间我那愚懦的亲家公曾来过三四次，向我申诉过一大堆一大堆的苦楚，说过许多害怕和担心的话。可是，我却除了劝劝他和安慰安慰他之外，也没有多去理会他。一直到前年正月十五元宵节的晚上，那第二次祸祟的事，便又突然地落到他们的头上了！那一晚，当大家正玩龙灯玩得高兴的时候，我那干儿子汉生，完全又同前次一样，匆匆地、气喘吁吁地溜到我这里来了。

"那时候，我正被过路的龙灯闹得头昏脑涨，想一个人偷偷在屋子里点一支蜡烛看一点书。但突然地给被这孩子冲破了。我一看见他进来的那模样，便立刻吓了一跳，将书放下来，并且连忙地问着：'又发生了什么呢，汉生？'我知道有些不妙了。

"他半天不回话，只是睁着大的、黑得怕人的眼睛，呆呆地望着我。

"'怎样呢，孩子？'我追逼着，并且关合了小门。

"'王老发被他们弄去了，李金生不见了！'

"'谁将他们弄去的呢？'

"'是曹——曹德三！'他仅仅说了这么一句，两线珍珠一般大的眼泪，便滔滔不绝地滚出来了！

"先生，您想！这是怎样的不能说的事啊！

"那时候，我只是看着他，他也牢牢地望着我。我不作声，他也不作声！蜡烛尽管将我们两个人的影子摇得飘飘动动！可是，我却寻不出一句适当的话来。我虽然知道这事情必然要来了，但是，先生，人一到了过分惊急的时候，往往也会变得愚笨起来的。我当时也就是这样。半天，半天……我才失措一般地问道：

"'到底怎样呢？怎样发生的呢？孩子！'

"'我不知道。我一个人等在王老发的家里，守候着各方面的信息，因为他们决定在今天晚上趁着玩龙灯的热闹，去捣曹大杰和石震声的家。我不能出去。但是，龙灯还没有出到一半，王老发的大儿子哭哭啼啼地跑回来了。他说：'汉叔叔，快些走吧！我的爹爹被曹三少爷带着兵弄去了！李金生叔叔也不见了！'"

"'这样，我就逃到您老人家这里来了！'

"'唔……原来……'我当时这样平静地应了一句。可是忽然地，一桩另外的重要的意念，跑到我的心里来了，我便惊急地说，'但是孩子——你怎样呢？他们是不是知道你在我这里呢？他们是不是还要来寻你呢？'

"'我不知道……'他也突然惊急地说——他被我的话提醒了，'我不知道他们有没有寻我，我怎么办呢？干爹……'

"'唉，诚实的孩子啊！'先生，我是这样吩咐和叹息地说，'你快些走吧！这地方你不能久留了！你经历太少了啊！走吧，孩子！到一个什么地方去躲避一下！'

"'我到什么地方去呢，干爹？'他急促地说，'家里是万万不能去的，他们一定知道！并且我的爹爹也完全坏了！他天天对我啰唆着，他还羡慕曹三首告得好——做了官！您想我还能躲到什么地方去呢？'

"先生，这孩子完全没有经历地惊急得愚笨起来了。我当时实在觉得可怜、伤心，而且着急。

"'那么，其他的朋友都完全弄去了吗？'我说。

"'对的，干爹！'他说，'我们还有很多人哩！我可以躲到杨柏松那里去的。'

"他走了，先生。但是走不到三四步，突然又回转了身来，而且紧紧地抱着我的颈子。

"'干爹！'

"'怎么呢，孩子？'

"'我……我只是不明白，人心呀——为什么这样险诈呢？告诉我，干爹！'

"先生，他开始痛哭起来了，并且眼泪也流到了我的眼眶。"

"我，我，我也忍不住了！"刘月桂公公略略停一停，用黑棉布袖子揩掉了眼角间溢出来的一颗老泪，便又接着说了，"'是的，孩子。不是同一命运和地位的人，常常是这样的呢！'我说，'你往后看去，放得老练一些就是了！不要伤心了吧！这里不是你说话的地方了。孩子，去吧！'

"这孩子走后，第二天……先生，我的那蠢拙的亲家公一早晨就跑到我这里来了。他好像准备了一大堆话要和我说一样，一进门，就颤抖着他那猪鬃一样的几根稀疏的胡子，吃吃地说：'亲家公，您知道王……王老发昨……昨天夜间又弄去了吗？'

"'知道呀，又怎样呢？亲家公。'

"'我想他们今天一……定又要来弄……弄我的汉生。'

"'您看见过您的汉生吗？'

"'没有啊——亲家公！他昨天一夜都没有回来……'

"'那么，您是来寻汉生的呢，还是怎样呢？'

"'不，我知道他不在您这里。我是想来和您商……商量一桩事的。您想，我和他生……生一个什么办法呢？'

"'您以为呢？'我猜到这家伙一定又有什么坏想头了。

"'我实在怕呢，亲家公！我还听见他们说：如果弄不到汉生就要来弄我了！您想会怎样呢？亲家公……'

"'我想是真的，亲家公。因为我也听说过：他们那里还正缺少一个爹爹要您去做呢。'先生，我实在气极了，'要是您不愿意去做爹爹，那么最好是您自己带着他去将您的汉生给他们弄到，那他们

就一定不会来弄您了。对吗，亲家公？'

"'唉，亲家公——您为什么老是这样笑我呢？我是真心来和您商量的呀！我有什么得罪您老人家的地方呢！唉，唉！亲家公。'

"'那么您到底商量什么呢？'

"'您想，唉，亲家公，您想……曹德三少爷怎样呢？他……他还做了官哩！'

"'那么，您是不是也要您的汉生去做官呢？'先生，我实在觉得太严重了，我的心都气痛了！便再也忍不住地骂道，'您大概是想尝尝老太爷和吃人的味道了吧，亲家公？哼哼！您这好福气的，禄位高升的老太爷啊！'

"先生，这家伙看到我那样生气，更吓得全身都颤抖起来了，好像怕我会立刻将他吃掉或者杀掉一样，把头完全缩到破棉衣里去了。

"'唔，唔——亲家公！'他说，'您……怎么又骂我呢？我又没有叫汉生去做官，您怎么又骂我呢？唉！我……我……我不过是这样说说别人家呀！'

"'那么，谁叫您说这样的蠢话呢？您是不是因为在他家里做了一世长工而去听了那老狗和曹德三的欺骗呢？想他们会叫您一个长工的儿子去做官吗？蠢拙的东西啊！您到底怎样受他们的欺骗的呢？说吧，说出来吧！您这猪一样的人啊！'

"'没有啊——亲家公！我一点都没有啊！'

"先生，我一看见他那又欲哭的样子，我的心里不知道为什么，便又突然软下来了。唉，先生，我就是一个这样没有用处的人哩！我当时仅仅只追了他一句：'当真没有？'

"'当真——一点都没有啊！亲家公。'

"先生，就是这样的，他走了。直到第六天的四更深夜，正当我们这山谷前后的风声紧急的时候，我的汉生又回来了。他这回却带来了另外一个人，那个人就是木匠李金生。现在还在一个什么地方带着很多人冲来冲去的，但却没有能够冲回到我们这老地方来。他是一个大个子，高鼻尖，黄黄的头发，有点像外国人的。他们跟着我点的蜡烛一进门，就告诉我说：王老发死了！就在当天——第四天的早上。并且还说我那亲家公完全变坏了，受了曹大杰和曹德三的欺骗！想先替汉生去首告了，好再来找汉生，叫汉生去做官。那木匠并且还是这样地挥着他那砍斧头一样的手，对我保证说：'的确的呢，桂公公！昨天早晨我还看见他贼一样地溜进曹大杰的家里去了。他的手里还拿着一个包包，您想我还能哄骗您老人家吗，桂公公？'

"我的汉生一句话都不说。他只是失神地忧闷地望着我们两个人，他的眼睛完全为王老发哭肿了。关于他爸爸的事情，他半句言辞都不插。我知道这孩子的心，一定痛得很厉害了，所以我便不愿再将那天和他爹爹相骂的话说出来，并且我还替他宽心地说开去。

"'我想他不会的吧，金生哥！'我说，'他虽然蠢拙，可是生死利害总应当知道呀！'

"'他完全是被怕死、发财和做官吓住了、迷住了哩！桂公公！'木匠高声地生气一般地说。

"我不再作声了。我只是问了问汉生这几天的住处和做的事情，他好像心不在焉地回答着。他说他住的地方很好，很稳当，做的事情很多，因为曹德三和王老发所留下来的事情，都给他和李金生木匠担当了。我当然不好再多问。最后，关于我那亲家公的事情，大家又决定了：叫我天明时或者下午再去汉生家中探听一次，看到底是怎样的。并且我们约定了过一天还见一次面，使我好告诉他们探听的结果。

"可是，我的汉生在临走时还嘱咐我说：'干爹，您要是再见到我爹爹时，请您老人家不要对他责备得太厉害了，因为他……唉，干爹！他是什么都不懂得哩！干爹，'他又说，'假如他要没有什么吃的了，我还想请您老人家……唉，唉，干爹——'

"先生，您想：在世界上还能寻到一个这样好的孩子吗？

"就在这第二天的一个大早上，我冒着一阵小雪，寻到我那亲家公的家里去了。可是，他不在。茅屋子小门被一把生着锈的锁锁住了。中午时我又去，他仍然不在。晚间再去，我问他那做竹匠的一个瘌痢头邻居，据说是昨天夜深时被曹大杰家里的人叫去了。我想：先生，当时我完全忘记了我那血性的干儿子的嘱咐，我暴躁起来了！我想——而且决定要寻到曹大杰家附近去，等着，守着他出来，揍他一顿……可是，我还不曾走到一半路，便和对面来的一个人相撞了！我从不大明亮的、薄薄的雪光之下，模糊地看，就看出来了那个人是亲家公。先生，您想我当时怎样呢？我完全沉不住气了！我一把就抓着他那破棉衣的胸襟，厉声地说：'哼——你这老东西！你到哪里去了呢？你告诉我——你干的好事呀！'

"'唔，嗯——亲家公！没有呵——我，我，没有——干什么啊！'

"'哼，猪东西！你是不是想将你的汉生连皮、连肉、连骨头都给人家卖掉呢？'

"'没有啊——亲家公。我完全——一点……没有啊——'

"'那么，告诉我！猪东西！你只讲你昨天夜里和今天一天到哪里去了？'

"'没有啊!亲家公。我到城……城里去……去寻一个熟人……熟人去了啊!'

"唉,先生,他完全颤动起来了!并且我还记得:要不是我紧紧地拉着他的胸襟,他就要在那雪泥的地上跪下去了!先生,我将他怎么办呢?我当时想,我的心里完全急了,乱了,没有主意了。我知道从他的口里是无论如何吐不出真消息来的。因为他太愚拙了,而且受人家的哄骗的毒受得太深了。这时候,我忽然记起了我那天性善良的孩子的话:'不要对他责备得太厉害了,因为他……唉,干爹!他是什么都不懂得哩!'先生,我的心又软下去了!我就是这样没有用处。虽然我并不是在可怜那家伙,而是心痛我的干儿子,可是我到底不应该在那个时候轻易地放过他,不揍他一顿,以致往后没有机会再去打那家伙了!没有机会再去消我心中的气愤了!就是那样的啊,先生。我将他轻轻地放走了,并且不去揍他,也不再去骂他,让他溜进他的屋子里了!到了约定的时候,我的干儿子又带了李金生跑来。当我告诉了他们那事情的时候,那木匠只是气得乱蹦乱跳,说我不该一拳头都不揍,就轻易地放过他。我的干儿子只是摇头,流眼泪,完全流得像两条小河那样的,并且他的脸已经瘦得很厉害了!被繁重的工作弄得憔悴了!眼睛也越加显得大了,深陷了!好像他的脸上除了那双黑黑的眼睛以外,就再看不见别的东西那样的。

五

"这时候我心里的着急和悲痛的情形,先生,我想你们总该可以想到的吧!我实在是觉得他们太危险了!我叫他们以后绝不要再到我这里来，免得被人家看到。并且我决意要我的干儿子和李金生暂时离开这山村，等平静了一些，等那愚拙的家伙想清楚了再回来。为了要使这孩子大胆地离开故乡去漂泊，我还引出自己的经历来做了一个例子，对他说：'去吧，孩子啊！同金生哥四处去漂游一下，不要再拖延在这里等祸事了！四处去见见世面吧！看干爹年轻的时候漂游过多少地方，有的地方你连听都没有听过哩。一个人，赤手空拳地，入军营，打仗，坐班房……什么苦都吃过，可是，我还活到六十多岁了。并且你看你的定坤哥（我儿子的名字）出去八年了，信儿都没有一个。何况你还有金生哥做同伴呢！'

"可是，先生，他们却不答应。他们只是说事业抛不开，没有人能够接替他们那沉重的担子。我当时和他们力争说：担子要紧，人也要紧！直到最后，他们终于被说得没有了办法，才答应着看看情形再说；如果真的站不住了，他们就到外面去走一趟也可以的。我始终不放心他们这样的回答。我说：'要是在这几天他们搜索得厉害呢？'

"'我们并不是死人啊，桂公公！'木匠说。

"他们走了，先生，我的干儿子实在不舍地说：'我几时再来呢，干爹？'

"'好些保重自己吧！孩子，处处要当心啊！我这里等事情平静之后再来好了！莫要这样的，孩子！见机而做，要紧得很时，就到远方去避一时再说吧！'

"先生，他哭了，我也哭了。要不是有李金生在他旁边，我想，先生，他说不定还要抱着我的颈子哭半天呢！唉，唉——先生，先生啊——有谁知道这一回竟成了我们的永别呢？唉，唉——先生，先生啊！"

火堆渐渐地熄灭了，枯枝和枯叶也没有了。我们的全身都被一种接近黎明时的严寒袭击着，冻得同生铁差不多。刘月桂公公只管在黑暗中颤抖得窸窣作响，并且完全停止了说话。我们都知道：这老年的主人家不但是因为寒冷，而且还被那旧有的、不可磨消的创痛和悲哀，沉重地鞭捶着！雄鸡已经遥遥地啼过三遍了，可是，黎明还不即刻就到来。我们为了不堪在这严寒的黑暗中沉默，便又立刻请求和催促老人家，要他将故事的"收场"赶快接着说下去，免得耗费时间了。

他摸摸索索地站起身来，沿着我们走了一个圈子，深深地叹着气，然后又坐了下去。

"不能说哩，先生！唉，唉！"他的声音颤抖得非常厉害了，"说下去连我们的心都要痛死的。但是，先生，我又怎能不给你们说完呢？唉，唉！先生，先生啊！大概过了半个多月的平静日子，我们这山谷的村前村后，都显得蛮太平那样的。先生！李金生没有来，我的亲家公也没有来。我想事情大概是没有关系了吧！亲家公或者也想清一些了吧！可是，正当我准备要去找我那亲家公的时候，忽然，外面又起了风传了——鬼知道这风传是从什么地方来的呢！我只是听到那个癞痢头竹匠对我说了这么一句：'汉生被他的爹爹带人弄去了！'我的身子便像一根木头柱子那样地倒了下去！先生，在那时候，我只一下子就痛昏了。并且我还不知道是什么人在什么时候给我弄醒的。总之，当我醒来的时候，我的眼睛已经被血和泪弄模糊了！我所看见的世界完全变样了！我虽然明知道这事情终究要来的，但我又怎能忍痛得住我自己呢？先生啊！我不知道作声也不知道做事地，呆呆地坐了一整日。

"我的棉衣统统被眼泪湿透了。我一点东西都没有吃，不知道世界上还有没有比这更残酷、更伤心的事情！为什么这样的事情偏偏要落到我的头上呢？我想：我还有什么呢？世界剩给我的还有什么呢？唉，唉！先生！我完全不能安定，睡不是，坐不是，夜里烧起一堆大火来，一个人哭到天亮。我虽然明知道吉人天相的话是狗屁，可是，我却卑怯地念了一通晚。第二天，我无论如何忍痛不住了，我想到曹大杰的大门口去守候那个愚拙的东西，和他拼命。但是，我守了一天都没有守到。夜晚又来了，我不能睡。我不能睡下去，就好像看见我的汉生带着浑身血污在那里向我哭诉一样。一切夜的山谷中的声音，都好像变成了我的汉生的悲愤的申诉。我完全丧魂失魄了。第三天，先生，是一个大风雨的日子，我不能够出去。我只是咬牙切齿地骂那蠢恶的、愚拙的东西，我的牙齿都咬得出血了。'虎口不食儿肉！'先生，您想他还能算什么人呢？

"连夜的大风大雨，刮得我的心中只是炸开那样地作痛。我挂记着我的干儿子，我真是不能够不替他作想啊！先生，连天都在那里为他流眼泪呢。我滚来滚去地滚了一夜，不能睡。也找不到一个能够探听出消息的人。天还没有大亮，我就爬起来了，我去开开那扇小门，先生，您想怎样呢？唉，唉！世界上真会有这样伤心的古怪事情的——我第一眼看见的就是那个要命的愚拙的家伙。

"他为什么会回到这里呢？这又是怎么回事呢？唉，唉，先生！他完全落得浑身透湿，狗一样地蹲在我的门外面，抖索着身子。他大概是来得很久了，蹲在那里而不敢叫门吧！这时候，先生，我的心血完全涌上来了！我本是想要拿把菜刀去将他的头顶劈开的，但是，我还没有来得及翻身去，他就爬到泥地上跪下来了！他的头捣蒜那样地在泥水中捣着，并且开始像小孩子一样地放声大哭了起来。先生，凭大家的良心说说吧！我当时对于这样的事情应该怎么办呢？唉，唉！这蠢子这疯子啊！杀他吧，看那样子是无论如何也下不去手的！不杀吗，又恨不过，心痛不过！先生，连我都差不多要变成疯子了呢！我的眼睛里又流出血来了！我走进屋子里去，他也跟着，哭着，用膝头爬了进来。唉，先生！怎么办呢？我坐着，他跪着。我不作声，他不作声！他的身子抖，我的身子也抖！我的心里只想连皮连骨活活地吞掉他，可是，我下不去手，完全没有用！

"'呜呜……亲家公！'半天了，他才昂着那泥水玷污的头，说，'恩……我的恩人啊……打，打我吧！救救，我和孩……孩子吧！呜呜……我的恩——亲家公啊！'

"先生，您想：这是怎样叫人伤心的话呢！我拿这样的人和这样的事情怎么办呢？唉，唉，先生！真的呢，我要不是为了我那赤诚而又无罪受难的孩子啊！我当一时只是——

"'怎样呢？你这老猪啦！孩子呢？孩子呢？'我提着他的湿衣襟，严酷地问他。

"'没看见啊！亲家公，他到——呜呜——城，城里，粮子[1]里去了哩！呜呜……'

"'啊——粮子里？那么，你为什么还不跟去做老太爷呢？你还到我们这穷亲戚这里来做什么呢？'

"'他，他们，曹大杰，赶，赶我出来了！恩——恩人啊！呜呜……'

"'哼！恩人啊！谁是你的恩人呢？好老太爷！你不要认错了人啦……只有你自己才是你儿子的恩人，也只有曹大杰才是你自己的恩人呢！'

---

[1] 粮子：此处指兵营。

"先生，他的头完全叩出血来了！他的喉咙也叫得嘶哑了！一种报复的、厌恶的而且又万分心痛的感觉，压住了我的心头。我放声大哭起来了。他爬着上前来，下死劲儿地抱着我的腿子不放！而且，先生，一说起我那受罪的孩子，我的心又禁不住地软下来了！看他那样子，我还能将他怎么办呢？唉，先生，我是一生一世都没有看见过蠢拙得这样可怜的、心痛的家伙呀！

"'他……他们叫我自己到城……城里去！'他接着说，'我去了！进……进不去呢！呜……亲家——恩人啊！'

"唉！先生，直到这时候，我才完全明白过来了。我说：'老猪啦！你是不是因为老狗将你赶出来，而要我陪你到城里的粮子里去问消息呢？'先生，他只是狗一样地朝我望着，很久，并不作声。'那么，还是怎样呢？'我又说。

"'是，是，亲家恩人啊！救救我的孩子吧！恩——恩人啊！'

"就是这样，先生！我一问明白之后，就立刻陪着他到城里去了。我好像拖猪那样地拖着他的湿衣袖，冒着大风和大雨，连一把伞都不曾带的。在路上，仍旧是——他不作声，我不作声。"

六

"我的心像被什么东西在那里踩踏着。路上的风雨和过路的人群，都好像和我们没有关系。一走到那里，我便叫他站住了，自己亲身跑到衙门去问讯和要求通报。其实，并不费多大的周折，而卫兵进去一下，就又出来了。他说：官长还正在那里等着要寻我们说话呢！唔！先生，听了这话，我当时还着实地惊急了一下子！我以为还要等我们，是……但过细一猜测，觉得也没有什么。而且必须要很快地得到我干儿子的消息,于是,就爹着胆子,拖着那猪人进去了。

"那完全是一个怕人的场面啦!先生,我还记得:一进去,那里面的内卫,就大声地吆喝起来了。我那亲家公几乎吓昏了,腿子只是不住地颤抖着。

"'你们中间谁是文汉生的父亲呢?'一个生着小胡子的官儿,故意装得温和地说。

"'我——是。'我的亲家公像一根木头那样地回答着。

"'好哇!你来得正好!前两天到曹大爷家里去的是你吗?'

"'是……老爷!'

"唉,先生!不能说哩。我这时候完全看出来了他们是怎样在摆布我那愚拙的亲家公啊!我只是牢牢地将我的眼睛闭着,听着!

"'那么,你来又是做什么的呢?'官儿再问。

"'我的——儿子啦!老爷!'

"'儿子?文汉生吗?老头子!那给你就是喽!你自己到后面的操场中去拿吧!'

"先生,我的身子完全支撑不住了,我已经快要昏痛得倒下去了!可是,我那愚拙的亲家公却还不知道,他似乎还喜得跳了起来。我听着,他大概是想奔到后操场中去'拿儿子'吧!突然,一个声音将他震住了。

"'你到什么地方去?老东西!'

"'我的——儿子呀!'

"先生,我的眼越闭越牢了,我的牙关绷紧了。我只听到另外一个人大喝道:'哼!你还想要你的儿子哩,老乌龟!告诉你吧!那样的儿子有什么用处呢?为非作歹、忤逆不孝、目无官长、咆哮公

堂！我们已经在今天早晨给你……哼哼！枪毙了——你还不快些叩头感谢我们吗？嗯！要不是看你自己先来首告得好时……'

"先生！世界好像已经完全翻过一个边来了！我的耳朵里雷鸣一般地响着！眼睛里好像闪动着无数条金蛇那样的。模糊之中，又听到另外一个粗暴的声音大叫道：'去呀！你们两个人快快跪下去叩头呀！这还不应当感激吗？'

"于是，一个沉重的枪托子，朝我们的腿上一击——我们便一齐连身子倒了下去，不能够再爬起来。唉，唉！先生，完了啊！这就是一个从蠢子变痴子、疯子的伤心故事呢！"

刘月桂公公将手向空中沉重地一击，便没有再作声了。这时候外面微弱的黎明之光已经开始破绽进来了。小屋子里便立刻现出来了所有什物的轮廓，而且渐渐地清晰起来了。这老年的主人家的灰白的头，靠到床沿上，歪斜的、微闭着的眼皮上，有着交错的泪痕。他那有力的胡子，完全阴郁地低垂下来了，错乱了，不再高翘了。他那松弛的、宽厚的嘴唇，因为说话过多造成的疲劳，而频频地颤抖着。他似乎重新感到了一个枪托的重击那样，躺着而不再爬起来了！我们虽然也觉得十分疲劳、困倦，全身疼痛得要命，可是，这故事的悲壮和人物的英雄的教训，却偿还了我们的一切。我们觉得十分沉重地站起身来，因为天明了，而且必须要赶我们的路。我的同伴提起了那小的衣包，用手去推了推刘月桂公公的肩膀。这老年的主人家，似乎才从梦境里惊觉过来一般，完全怔住了！

"就去吗？先生！你们都不觉得疲倦吗？不睡一下吗？不吃一点东西去吗？"

"不，桂公公！谢谢您！因为我们要赶路。惊扰了您老人家一整夜，我们的心里实在过意不去呢！"我说。

"唉！何必这样说哩，先生。我只希望你们常常到我们这里来玩就好了。我还啰啰唆唆地，扰了你们一整夜，使你们没有睡觉呢！"桂公公说着，他的手几乎又要揩到眼睛那里去了。

我们再三郑重地亲敬地和他道过了别，踏着碎雪走出来。

路上，虽然疲倦得时时要打瞌睡，但是只要想起那伤心的故事中的一些悲壮的、英雄的人物，我们的精神便又立刻振作起来了！

前面是我们的路……

1936 年 7 月 4 日，大病之后

散文篇

岳阳楼

诸事完毕了，我和另一个同伴由车站雇了两部洋车，拉到我们一向所景慕的岳阳楼下。

然而不巧得很，岳阳楼上恰恰驻了大兵，"游人免进"。我们只得由一个车夫指引，跨上那岳阳楼隔壁的一座茶楼，算是作为临时的替代。

心里总有几分不甘。茶博士送上两碗顶上的君山茶，我们接着没有回话，之后才由我那同伴发出来这样的议论："'不入虎穴，焉得虎子！'我们不如和那里面的驻兵去交涉交涉！"

由茶楼的侧门穿过去就是岳阳楼。我们很谦恭地向驻兵们说了很多好话，结果是：不行！

心里更加不乐，不乐中间还带了一些愤慨的成分，闷闷的然而又发不出脾气来。这时候我们只好站在城楼边，顺着茶博士的手所指的方向，像看电影画面里的远景似的，概略地去领略了一点"古迹"的皮毛。我们知道了那兵舍的背面有一块很大的木板，木板上刻着的字儿就是传诵千古的《岳阳楼记》。我们知道了那悬着一块"官长室"的小牌儿的楼上就是岳阳楼。那里面还有很多很多古今名人的匾额，那里面还有纯阳祖师的圣像和白鹤童子的仙颜，那里面还有——据说是很多很多，可是我们一样都不能看到。

"何必呢？"我的同伴有点不耐烦了，"既然逛不痛快，倒不如回到茶楼上去看看山水为佳！"

我点了点头。茶博士这才笑嘻嘻地替我们换上两壶热茶，又加上点心和瓜子，把座位移近到茶楼边上。

湖，的确是太美丽了：淡绿微漪的秋水，辽阔的天际，再加上那远远竖立在水面的君山，一望简直可以连人们的俗气都洗个干净。小艇儿鸭子似的浮荡着，像没有主宰；楼下穿织着的渔船，远帆的隐没，处处都欲把人们吸入到图画里去似的。

我不禁兴高采烈起来了："啊啊，难怪诗人们都要做山林隐士，要是我也能在这里做一个悠游水上的渔民，那才安逸啊。"回头，我望着茶博士羡慕似的笑道："喂！你们才快活啦！"

"快活？先生！"茶博士莫名其妙地吃了一惊，苦笑着。

"是呀！这样明媚的湖山，你们还不快活吗？"

"快活！先生，唉……"茶博士又愁着脸儿摇了摇头，半晌没有下文。

我的心中却有点生气了。也许这家伙是故意来扫我的兴的吧，不由得追问了他一句："为什么不快活呢？"

"唉！先生，依你看也许是快活的啊！"

"为什么呢？"

"这年头，唉！先生，你不知道呢！"茶博士走近前来，"光是这岳阳楼下……唉！不像从前了啊！先生，你看那个地方就差不多每天都有人来上吊的！"他指悬挂在城楼边的那一根横木，"三更半夜，驾着小船儿，轻轻靠到那下面，用一根绳子……唉！一年到头不知道有多少啊！还有跳水的……"

"为什么呢？"

"为什么！先生，吃的、穿的，天灾、水旱、兵，鱼和稻又卖不出钱，捐税又重！"看他的样子像欲哭。

"那么，你为什么也不快活呢？"

"我，唉！先生，没有饭吃，跑来做堂倌，偏偏又遇着老板的生意不好！"

"啊——"我长长地答了一声。

接着,他又告诉了我许多许多。他说:这岳阳楼的风水很多年前就坏了,现在已经不能够保佑岳州的人了,无论是种田、做生意、打鱼、开茶馆,都没有一个能够享福赚钱的。纯阳祖师也不来了,到处都是死路了。湖里的强盗一天一天加多,来往的客商都不敢从这儿经过,尤其是游君山和游岳阳楼的,年来差不多快要绝踪。况且,两个地方都还驻扎着军队……

我半晌没有回话。一盆冷水似的,把我的兴致都泼灭完了。我从隐士和渔民的幻梦里清醒过来,头不住地一阵阵往下面沉落!我低头再望望那根城楼上的横木,望望那些渔船,望望水,望望君山,我的眼睛会不知不觉地起着变化,变化得模里模糊起来,黑暗起来,美丽的湖山全部幻灭了。我不由得引起一种内心的惊悸!

之后,我催促着我的同伴快些会过账,像战场上的逃兵似的,我便首先爬下了茶楼,头也不回地,就找寻着原来的路跑去。

一路上,我不敢再回想那茶博士所说的那些话。我觉得我非常庆幸,我还没有真正地做一个岳阳楼下的渔民。至少,在今天,我还能够比那班渔民们多苟安几日。

散文篇

古渡头

太阳渐渐地隐没到树林中去了,晚霞散射着一片凌乱的光辉,映到茫无际涯的淡绿的湖上,现出各种各样的色彩来。微风波动着皱纹似的浪头,轻轻地吻着沙岸。

破烂不堪的老渡船,横在枯杨的下面。渡夫戴着一顶尖头的斗笠,弯着腰,在那里洗刷一叶断片的船篷。

我轻轻地踏到他的船上,他抬起头来,带血色的昏花的眼睛,望着我大声地生气地说道:

"过湖吗,小伙子?"

"唔,"我放下包袱,"是的。"

"那么,要等到天明。"他又弯腰做事去了。

"为什么呢?"我茫然地问。

"为什么,小伙子,出门简直不懂规矩的。"

"我多给你些钱不行吗?"

"钱?你有多少钱呢?"他的声音来得更加响亮了,教训似的。他重新站起来,抛掉破篷子,把斗笠脱在手中,立时现出了白雪般的头发。"年纪轻轻,开口就是'钱',有钱连命都不要了吗?"

我不由得暗自吃了一惊。

他从舱里拿出一根烟管,用粗糙的满是青筋的手指燃着火柴。眼睛越加显得细小,而且昏黑。

"告诉你,"他说,"出门要学乖一点!这年头,你这样小的年纪……"他饱饱地吸足了一口烟,又接着,"看你的样子也不是一个老出门的。从哪里来的呀?"

"从军队里回来的。"

"军队里……"他又停了一停,"是当兵的吧,为什么又跑开来呢?"

"我是请长假的,我妈病了。"

"唔!"

两个人都沉默了一会儿,他把烟管在船头上磕了两下,接着又燃第二口。

夜色苍茫地侵袭着我们的周围,浪头荡出了微微的合拍的呼啸。我们差不多已经瞧不清彼此的脸膛了。我的心里偷偷地发急,不知道这老头子到底要玩个什么花头。于是,我说:

"既然不开船,老头子,就让我回到岸上去找店家吧!"

"店家,"老头子用鼻子哼着,"年轻人到底是不知事的。回到岸上去还不同过湖一样的危险吗?到连头镇去还要退回七里路。唉!年轻人……就在我这船中过一宵吧。"

他擦着一根火柴把我引到船艄后头,给了我一个两尺多宽的地位。好在天气和暖,还不至于十分受冻。

当他再擦火柴吸上了第三口烟的时候,他的声音已经比较和暖了。我睡着,一面细细地听着孤雁唳过寂静的长空,一面又留心他和我所谈的一些江湖上的情形和出门人的秘诀。

"……就算你有钱吧,小伙子,你也不应当说出来的。这湖上有多少歹人啊!我在这里已经驾了四十年船了……我要不是看你还有点孝心,唔,一点孝心……你家中还有几多兄弟呢?"

"只有我一个人。"

"一个人,唉!"他不知不觉地叹了一声气。

"你有儿子吗,老爹?"我问。

"儿子!唔……"他的喉咙哽住了,"有,一个孙儿……"

"一个孙儿,那么,好福气啦。"

"好福气？"他突然又生起气来了，"你这小东西是不是骂人呢？"

"骂人？"我的心里又茫然了一回。

"告诉你，"他气愤地说，"年轻人是不应该讥笑老人家的。你晓得我的儿子不回来了吗？哼！"

歇歇，他又不知道怎么的，接连叹了几声气，低声地说："唔，也许你是不知道的。你，外乡人……"

他慢慢地爬到我的面前，把第四根火柴擦着的时候，已经没有烟了，他的额角上，有一根一根紫色的横筋在凸动。他把烟管和火柴向舱中摔，周围即刻又黑暗起来……

"唉！小伙子啊！"听声音，他大概已经是很感伤了，"我告诉你吧，要不是你还有点孝心，唔……我是欢喜你这样的孝顺的孩子的。是的，你的妈妈一定比我还欢喜你，要是在病中看见你这样远跑回去。只是，我呢？唔……我，我有一个桂儿……你知道吗？小伙子，我的桂儿，他比你还大得多！是的，比你大得多。你怕不认识他吧？啊……你，外乡人……我把他养到你这样大，这样大，我靠他给我赚饭吃呀！"

"他现在呢？"我按捺不住地问。

"现在，唔，你听呀！那个时候，我们爷儿俩同驾着这条船。我……我给他收了个媳妇……小伙子，你大概还没有过媳妇吧？唔，他们，他们是快乐的！我，我是快乐的……"

"他们呢？"

"他们？唔，你听呀……那一年，那一年，北佬来，你知道了吗？北佬是打了败仗的，从我们这里过身，我的桂儿……小伙子，掳夫子你大概也是掳过的吧，我的桂儿被北佬兵拉着，要他做随子。桂儿，他不肯，脸上一拳！我，我不肯，脸上一拳！小伙子，你做过这些个丧天良的事情吗？

"是的，我还有媳妇。可是，小伙子，你应当知道，媳妇是不能同公公住在一起的。等了一天，桂儿不回来；等了十天，桂儿不回来；等了一个月，桂儿不回来……我的媳妇被她娘家接去了。

"我没有了桂儿，没有了媳妇……小伙子，你知道吗？你也是有爹妈的……我等了八个月，我的媳妇生了一个孙儿，我要去抱回来，媳妇不肯。她说：'等你儿子回来时，我也回来。'

"小伙子！你看，我等了一年，我又等了两年，三年……我的媳妇改嫁给卖肉的朱胡子了，我的孙子长大了。可是，我看不见我的桂儿，我的孙子他们不肯给我……他们说：'等你有了钱，我们一定将孙子给你送回来。'可是，小伙子，我得有钱呀……

"是的，六年了，算到今年，小伙子，我没有做过丧天良的事，譬如说，今天晚上我不肯送你过湖去……但是，天老爷的眼睛是看不见我的，我，我得找钱……结冰，落雪，我得过湖；刮风，落雨，我得过湖……年成荒，捐重，湖里的匪多，过湖的人少，但是，我得找钱……小伙子，你是有爹妈的人，你将来也得做爹的；你老了，也得要儿子养你的，可是人家连我的孩子都不给我……

"我欢喜你，唔，小伙子！要是你真的有孝心，你是有好处的，像我，我一定得死在这湖中。我没有钱，我寻不到我的桂儿，我的孙子不认识我，没有人替我做坟，没有人给我烧钱纸……我说，我没有丧过天良，可是天老爷他不向我睁开眼睛……"

他逐渐地说得悲哀起来，他终于哭了。他不住地把船篷弄得呱啦呱啦地响，他的脚在船舱边下力地蹬着。可是，我寻不出一句能够劝慰他的话，我的心头像被什么东西塞得紧紧的。

"就是这样的，小伙子，你看，我还有什么好的想头呢？"

外面的风浪渐渐地大了起来，我的心头也塞得更紧了。

我拿什么话来安慰他呢？这老年的不幸者——

我翻来覆去地睡不着，他翻来覆去地睡不着。我想说话，没有说话；他想说话，他已经说不出来了。

外面越是黑暗，风浪就越加大得怕人。

停了很久，他突然又大大地叹了一声气：

"唉！索性再大些吧！把船翻了，免得久久在这世界上受折磨！"之后便没有再听到他的声音了。

可是，第二天，又是一般的微风、细雨。太阳还没有出来，他就把我叫起来了。

他仍旧同我昨天上船时一样，脸上丝毫看不出一点异样的表情来，好像昨夜间的事情，全都忘记了。

我目不转睛地瞧着他。

"有什么东西好瞧的呢？小伙子！过了湖，你还要赶你的路程呀！"

"要不要再等人呢？"

"等谁呀？怕只有鬼来了。"

离开渡口，因为是走顺风，他就搭上橹，扯起破碎风篷来。他独自坐在船艄上，无表情地捋着雪白的胡子，任情地高声地朗唱着：

> 我住在这古渡的前头六十年。
> 我不管地，也不管天，
> 我凭良心吃饭，我靠气力赚钱！
> 有钱的人我不爱，无钱的人我不怜！
> ……